the melmac cat

themelmaccat@gmx.com

1m976

pop roman

Gérald Wittock

Melmac > Ailleurs(s)
est une collection de

THE MELMAC CAT

Du même auteur

Le Diable est une femme (2021)

Table des matières

Avertissement de l'éditeur

Le roman que vous avez entre les mains n'est précisément pas à mettre entre toutes les mains. Certaines scènes pourront choquer le lecteur contemporain, qui, sous certains aspects, a perdu l'habitude de la parole « crue » et d'un second degré très « seventies ». L'auteur, pour démontrer ses thèses progressistes, antiracistes ou féministes en particulier, recourt volontiers à un raisonnement par l'absurde, qui lui permet de mettre en évidence l'horreur que notre société est capable de porter si elle se laisse aller à certains de ses penchants les plus sombres. Ne perdez pas de vue en le lisant que *1m976*, non seulement est une pure fiction, mais est aussi un roman pop et psychédélique qui se déroule dans le cerveau embrumé d'un adolescent des seventies. Avec toutes les extravagances que cela peut parfois comporter.

À Arthur

Merci de m'avoir raconté toutes ces histoires. Elles sont à nos mangas ce que les mantras sont aux hindouistes, aux bouddhistes, aux sikhs et aux jaïnistes : des hymnes sacrés, des formules mystiques et des incantations magiques qui donnent vie aux personnages de ce roman.

Préface (mode d'emploi)

J'ai demandé à mon ami, Jérôme Colin, s'il acceptait d'écrire la préface de ce roman. Non seulement, je l'apprécie énormément en tant qu'Homme, mais surtout, j'ai dévoré son dernier roman, *Le Champ de Bataille.* J'y retrouve la difficulté des relations entre un père et son fils adolescent. Un combat qui semble perdu d'avance tant les enjeux sont disproportionnellement essentiels. Mais si cette guerre quotidienne paraît infinie, son issue n'est, fort heureusement, guère définie.

En amitié, la bienveillance peut quelquefois se manifester par de longs silences. Et si je n'ai eu aucune réponse à ma demande, c'est pour me laisser le choix et la responsabilité d'y puiser seul la vérité. Jérôme est trop occupé et il n'a pas eu le temps de me lire. Ou alors, il trouve cela vraiment très mauvais et n'ose pas me le dire. Ou encore, il n'adhère absolument pas à mes propos et à cette histoire fantasque. Ou peut-être qu'enfin, jalouse-t-il ma plume au point de la renier ?

Hier, j'ai acheté un aspirateur. Il aspire à la fois les poussières et l'eau. Sans lire le mode d'emploi, outre le risque d'utiliser la panoplie d'accessoires à mauvais escient, l'on se hasarde également à casser l'engin. Et dans ce cas, la garantie ne s'applique malheureusement plus.

Enfiler la brosse à parquet sur l'embout pourtant prévu à cet effet, alors que l'on veut aspirer le tapis imbibé d'eau, ne produira pas le résultat escompté. De même, conserver le filtre à poussière autour du moteur, en lieu et place de l'éponge, peut s'avérer plutôt problématique. Gare aux étincelles et au court-circuit dans ce réceptacle honteusement inondé. Dès lors, je conseille vivement de bien lire la notice avant de s'aventurer à utiliser ce type d'aspirateur.

Etrangement, cela m'a fait penser à la mésaventure dont j'ai souffert la semaine dernière. Comme pour chacune de mes nouvelles ou mes romans, avant toute publication et l'envoi à l'éditeur, je confie le manuscrit à une poignée de lecteurs fidèles. Ma belle-mère en fait partie. Et même si l'avis d'une belle-mère ne fait pas toujours l'unanimité, ni plaisir à encaisser, il peut toutefois s'avérer fort précieux.

En plein milieu de sa lecture, belle-maman s'est arrêtée. Lire davantage lui était insupportable. A la page 123, elle s'est tout simplement cassée. Comme le moteur de mon aspirateur. Alors, comment garantir à mes récits davantage de longévité ?

Plus que jamais, une préface explicative, un avertissement du genre « *Parental Advisory for explicit content* / Contrôle Parental pour contenu explicite », s'imposait au roman, afin de garantir au lecteur un voyage jusqu'à la destination. Et de préférence, dans de bonnes conditions. Pour ménager les âmes sensibles, éviter toute conclusion hâtive et un départ intempestif.

C'est sûrement pour cela que cette nuit, j'ai rêvé être l'invité de mon ami dans sa prestigieuse émission télévisuelle, « *Hep Taxi !* ». Il est venu me chercher à plus de trois quarts d'heure de la capitale, à la sortie de l'aéroport de Charleroi, malignement rebaptisé *Bruxelles Sud*, comme si la superficie de la ville du Parlement européen était comparable à celle de Los Angeles.

Je vous retranscris les grandes lignes de son interview. En tout cas, celles dont mon conscient veut bien se souvenir.

Je crois en quelque sorte que je la tiens, cette préface dédicacée.

JC – Gérald Wittock est notre invité dans « *Hep Taxi !* ». Bonjour Gérald.

GW – Bonjour.

JC – Bienvenue. Vous êtes de quelle nationalité, tiens ? Est-ce que vous êtes belge ?

GW – Hou lala. Je suis européen.

JC – Vous êtes européen. Justement, c'est de cela dont on va parler parce que ma question n'est pas innocente. Vous êtes né à Rome en 1966. Vous avez travaillé dans la musique. Vous avez parcouru le monde, je pense, et d'ailleurs dans votre roman, vous nous emmenez à New York, précisément dans le Bronx, au nord de Manhattan. Vous êtes accessoirement, mais aussi essentiellement le fils de Michel Wittock, qui était bibliophile, collectionneur, créateur d'un endroit que j'aime beaucoup dans Bruxelles, qui s'appelle la Wittockiana, qui est le musée des arts du livre et de la reliure, et l'on s'y rend justement. Mais d'abord, je voulais vous parler de votre livre. Votre livre, il est écrit « *pop roman* » sur la couverture, et dessus, en grand, « *1m976* ». Voilà un titre étrange. C'est quoi « *1m976* » exactement ?

GW – Pour certains, c'est une date. Pour d'autres, une mensuration, une taille, voire un matricule. Mais c'est surtout à cause du chiffre 7, le seul nombre premier qui soit inclus dans le 9, et qui suive l'entier naturel 6. Je devine votre moue perplexe. Rassurez-vous, vous comprendrez au fur et à mesure, en déroulant les pages.

JC – Vous racontez l'histoire d'un jeune adolescent, en proie à sa mère et atteint d'une, voire plusieurs maladies génétiques. Avec des pages très dures d'ailleurs, j'ai trouvé. C'est pas rien. Vous y allez.

GW – L'histoire se déroule dans les années soixante-dix. L'adolescent d'alors est enfermé chez lui. A travers son prisme d'ado pas comme les autres, il a connu la libération sexuelle et ses dangers de dérive. Il a connu l'après Martin Luther King mais aussi les violences racistes qui lui ont survécu. Il a connu le premier choc pétrolier mais encore les grandes berlines assoiffées de combustible et tristement polluantes, en pétaradant, partout et à souhait, leur gaz d'échappement. Très jeune, il a connu l'explosion démographique, la grande consommation de masse, l'avènement du capitalisme dans l'agroalimentaire couplé à l'éloge de l'industrialisation des abattoirs à la chaîne. Il a connu l'après Viêt Nam et les luttes pacifistes, les hippies et les déviances des sectes, les drogues et les morts par overdose.

De nos jours, ce même ado devenu adulte, est

confronté au puritanisme exacerbé, à l'hypocrisie d'une société postcoloniale, par lesquels l'on s'interdit de parler d'une couleur de peau sous peine d'être traité de raciste, alors que la biodiversité des hommes est au cœur de nos richesses culturelles. C'est quoi cette édulcoration ? Le déni d'une fin de race blanche qui s'est longtemps crue supérieure ?

L'on devrait faire entrer Joséphine Baker au Panthéon non pas parce qu'elle est la première femme noire à pouvoir y accéder, mais parce qu'elle fut une femme exceptionnelle, une artiste engagée, une américaine amoureuse de notre terre d'accueil, Paris et la France du temps où elle ne fermait pas la porte aux réfugiés, et une résistante bien plus forte que les trop nombreux collabos bien-pensants d'une caste transparente de politiciens véreux, de tous les bords, et malheureusement français.

Notre vieil ado, qui a été bercé par la révolution sexuelle de l'après soixante-huit, est confronté au mouvement #metoo, relayé par les médias avec une telle ampleur qu'il est devenu hasardeux de nos jours de faire la cour à une femme. Non, il n'est plus bon de différencier les sexes au XXIe siècle. Si bien qu'aujourd'hui, les adolescents hétérosexuels se sentent exclus. Pour être populaire au lycée, il faut être iel, pansexuel, polysexuel, ou à la rigueur, simplement bisexuel.

Saluons au passage les progrès de la médecine dans notre nouveau monde politiquement correct : on n'est plus aveugle, on est non-voyant. On n'est plus sourd, on est malentendant. On n'est plus handicapé, on est une personne à mobilité réduite. Comme si on voulait effacer, en gommant ces différences, les qualités et les sens ultra-développés chez nos semblables pour compenser leur handicap.

Le roman dénonce également, par métaphores certes choquantes et provocantes, la violence faite aux animaux. Car pour se donner bonne conscience, nos politiques édictent des lois dulcifiées face aux atrocités commises à l'encontre des autres êtres vivants, qui sont avec nous mais pour combien de temps encore, puisqu'on ne se contente plus de les dominer : au XXIe *siècle, on les exploite, on les torture et on les offre en massacre au Dieu du Capital. Pour soi-disant nourrir une population de sept milliards sept cents millions d'habitants ? Car vous pensez réellement qu'une telle abondance de mauvaise viande nous est nécessaire ?*

JC - Vous écrivez la vérité. Il me semble, en tout cas, lire la vérité. Écrire soi. Écrire soi-même. L'écriture de soi. Qu'est-ce que ça change dans la vie d'un homme ?

GW – Au départ, c'était le besoin d'aller rechercher l'histoire de cet ado, d'où il vient. Et puis, petit-à-petit, ce sont les personnages et les situations qui prennent le contrôle. Je pensais savoir où j'allais, et je suis parti autre part.

JC – Ce qui est bien comme programme de vie : « Je pensais savoir où j'allais, et je suis parti autre part ». Ça me parait être un programme de vie intéressant.

GW – L'important, c'est le voyage. Et j'espère qu'avec ce récit, j'arriverai à faire voyager les lecteurs.

JC – Avez-vous un dernier « conseil » à donner à ceux qui nous regardent ?

GW – Euh, oui. Pensez à vous munir de votre téléphone portable pendant la lecture du roman. En scannant, flashant ou photographiant les QR codes insérés dans le texte, vous serez transportés au cœur des années soixante-dix. Des escapades sonores et visuelles dans ce voyage littéraire. Et pour ceux qui n'ont pas accès à internet, les chiffres arabes repris entre parenthèses renvoient à la discographie en fin du livre.

JC – Gérald Wittock, merci.

GW – C'est moi qui vous remercie. Bonne lecture. Et à bientôt, pour de nouvelles aventures « pop ».

« Tout le monde est un génie. Mais si on juge un poisson par son habileté à grimper dans un arbre, il passera sa vie entière à croire qu'il est stupide. »

Albert Einstein

« Radoter pour radoter, je préfère ne rien dire pour ne rien dire. Mais tout ce que je tais, sache que je l'ai souffert. »

Un autiste anonyme.

LOIN DES GROSSES BERLINES

A PART MAMAN

New York. Au nord de Harlem, juste en-dehors de Manhattan. Fin de l'été 1976. Le ciel est bleu azur. Un soleil radieux cogne depuis des heures contre le béton et l'asphalte. Ses rayons qui ne sont pas absorbés par la matière qu'ils inondent, ricochent sur les vitres. Dans la ville, la chaleur est étouffante. Que l'on soit à l'extérieur ou à l'intérieur des bâtiments. Les chemises détrempées collent sur la peau des employés et des fonctionnaires sortis prendre leur hot-dog au coin de ma rue.

Nous habitons un appartement vétuste, au neuvième étage d'un vieil immeuble dont les escaliers de secours à l'extérieur sont tellement rouillés par endroits, qu'ils ont dû être désaffectés. Des draps et des vêtements colorés pendent un peu partout aux fenêtres et sur les rambardes des arrière-cours. La vieille bâtisse en briques marron compte quinze étages et se situe en plein cœur de Riverdale, au nord-ouest du Bronx. Ma mère et moi faisons partie des cent trente mille Blancs minoritaires parmi une population de plus d'un million quatre cent cinquante mille personnes, pratiquement toutes hispano- ou afro-américaines.

Dans la rue, quand on n'entend pas les détonations de révolver, c'est que les bandes rivales de Portoricains, d'Irlandais, d'Italiens et d'Afro-Américains s'affrontent à coups de poing ou avec les lames de leurs couteaux à cran d'arrêt. Les cris cèdent souvent la place aux pleurs. C'est la triste réalité du western des seventies. Les dealers de drogue surveillent les va-et-vient des grosses Buick noires, des Cadillac roses décapotables, des berlines assoiffées d'essence, ces paquebots baptisés Dodge, Chevrolet ou Chrysler. Ils scrutent surtout le défilé des vieilles DeSoto qui brûlent encore plus de combustible que leurs sœurs, qui pétaradent partout leurs gaz d'échappement, elles qui ont marqué les années de Prohibition puis l'après-guerre et qui, achetées d'occasion malgré la crise pétrolière, ont survécu aux golden sixties et à l'exode vers Cuba. Au loin, les sirènes des pompiers du cinquième arrondissement de l'Etat de New York hurlent sans discontinuer, de concert avec celles de la police municipale.

Je n'ai jamais quitté notre appartement. Je n'ose pas. Ce serait trop dangereux pour les quakers que nous sommes. Et puis, je n'en ai pas le droit. Ma vie d'aventurier se limite à partir explorer le frigo et les placards de la cuisine. Parfois les armoires du salon. Je voyage entre les saveurs des aliments régionaux, communément appelés hamburgers, et les photos jaunies de l'album de maman. Du temps où elle allait bien. Avant l'accident.

Sa chambre m'est interdite. Maman l'occupe constamment. Sauf pour aller aux toilettes, prendre un bain ou pour préparer les repas et manger avec moi. Je ne sais donc pas du tout à quoi cet univers ressemble.

Dans le salon, une ancienne commode en bois

foncé fait face à un sofa en cuir noir, tellement usé sur les bords que la structure en aluminium sort par les endroits où les coutures ont lâché.

Les murs qui ont été vraisemblablement crème en leur temps, sont jaunis et brunis par la saleté et la nicotine des cigarettes.

Sur une table basse en verre fumé, un téléviseur Philips en noyer avec son écran bombé de 75 centimètres diffuse, nuit et jour en noir et blanc, des images du monde extérieur. Le tout repose sur un tapis orange maculé ci et là de taches de graisse, de coca et de ce qui ressemble à du vieux café.

Au centre d'un cadre doré au-dessus de la commode, la photo sépia d'un homme dans la force de l'âge. Nick Murrey, joueur de polo à l'allure de champion et souriant sur son cheval de roi à trois balzanes, m'observe inlassablement.

Le fier Nick m'empêche parfois de m'amuser sur mon puissant ordinateur tellement son regard oppressant m'impressionne.

Lorsque j'avais quatre ans, mon père est parti en Europe jouer un championnat de ce sport équestre d'équipe. C'était à Edimbourg, il y a onze ans. Il n'est plus jamais revenu. Maman m'a dit qu'il vit avec une princesse galloise, qui doit avoir aujourd'hui la trentaine à peine.

Mon ordinateur est un IBM 5100. Maman me l'a offert il y a un an, pour mes quatorze ans. Avec ses économies, suite au divorce de papa. J'y passe des heures pour développer des nouvelles formules mathématiques.

Maman dit que je suis un génie. Certes incompris, comme tous ceux qui ont un QI au-delà de cent soixante, mais un surdoué quand même, avec un score remarquable de 169.

Je n'ai par contre plus jamais été à l'école depuis l'âge de 7 ans. Maman m'a tout appris. Elle m'a dit que l'école n'est pas faite pour les enfants comme moi.

Elle me protège du monde extérieur et de la violence urbaine. La rue est un véritable coupe-gorge. J'ai pu le constater dans de nombreux films sur New York, diffusés à la télé. Et Jean-Paul Sartre est de notre avis : « *L'enfer, c'est les autres* ».

* * *

Ma mère s'appelle Brenda. Brenda Murrey, mais redevenue Cushing après le divorce. Elle a 54 ans. Et en paraît le double. Elle fume comme un Turc et porte toujours une longue robe noire. Depuis onze années maintenant. Grand adolescent qui vient d'avoir 15 ans, j'évite de porter du foncé pour ne pas trop me fondre en elle. Aujourd'hui, maman a les cheveux décolorés. Plus blancs que sa peau grisâtre. Elle est toute mince et toute petite, comme un oiseau. Elle doit peser dans les quarante-huit kilos pour un mètre cinquante à peine. Son regard vif et son nez aquilin lui donnent des allures de prédateur. Les ongles des mains dépassent de ses doigts tels des griffes qui peuvent vous lacérer le dos quand elle vous donne le bain.

Le soir quand je m'endors, elle survole mes draps en décrivant de larges cercles comme un majestueux faucon dont les ailes ont l'envergure de sa taille : un mètre et sa moitié.

Mon lit est trop petit pour mes pieds qui le dépassent d'au moins trente centimètres.

Un drapeau des Yankees pend derrière le néon sous le plafond de ma chambre. Et des photos de toutes les variétés de serpents, plus de trois mille cinq cents espèces, ornent les murs violets à droite du couchage. À gauche, une fenêtre toujours fermée, au vitrage brun sale et sablé, donne sur la rue bruyante et l'obscurité de l'entrepôt d'en face.

LE TEMPS NOUS EMPLOIE

Mes journées sont réglées tel un métronome qui bat la mesure à cent *sept* BPM[1], comme dans la chanson des Doors.

Que j'écoute en boucle tous les jours.

C'est ma façon de voyager :

« Passagers de la tempête

Dans cette maison nous sommes nés
Dans ce monde nous sommes jetés
Comme un chien sans son os
Comme un acteur de remplacement

Passagers de la tempête

Il y a un tueur sur la route,
Son cerveau convulse comme un crapaud
Prenez de longues vacances
Laissez jouer vos enfants
Si vous emmenez cet homme avec vous
La gentille famille mourra
Un tueur sur la route. »
(Discographie : 1.)

https://www.youtube.com/watch?v=k9o78-f2mIM

---

[1] Battements par minute.

Je me lève tous les jours à 7 heures 7. Même les week-ends. Le chiffre *sept* est biblique. Les chrétiens l'ont pompé aux grecs. Car *Sept* est le nombre associé au dieu Apollon, le dieu de la clarté solaire, de la raison, des arts et de la beauté masculine. Mais ce septième dieu est aussi le conducteur des neuf muses, les filles que Zeus a eues avec Mnémosyne, la déesse de la mémoire. Le mémorable chiffre neuf est ainsi inclus dans le noble *sept*.

Cette unité magique se réfère aussi aux *sept* degrés d'initiation au culte perse de Mithra.

Le *sept* représente enfin le nombre traditionnel des astres et des métaux qui leur sont liés : Mars étant le fer, Vénus le cuivre, le plomb symbolisant Saturne, l'étain Jupiter, le mercure ne pouvant être autre que Mercure, la Lune étant représentée par l'argent en allusion à sa couleur, et enfin l'or pour le septième astre, le Soleil. Ils ont donné naissance aux *sept* jours de la semaine, à partir desquels l'on a cherché à quantifier le temps. En latin, le jour se dit *dies*, avec le préfixe « di » comme dans « diurne ». Lundi pour la Lune, Mardi pour Mars, Mercredi pour Mercure, Jeudi pour Jupiter, Vendredi pour Vénus, Samedi pour Saturne, et enfin, Dimanche pour le Soleil.

Pour moi, *Sept* est le chiffre parfait car il contient le chiffre neuf. En effet, il nous vient du mot latin *septem* qui a donné naissance au mois de *septembre*, le neuvième mois de l'année. C'est le seul chiffre qui signifie donc à la fois neuf et la valeur *sept*. Et il est, en mathématiques, l'entier naturel qui suit le six. Ce nombre premier représente la maîtrise de l'esprit sur la matière.

« Le spirituel prend toujours le dessus sur le matériel ». C'est maman qui le dit.

Depuis, ce nombre parfait influence fortement les psychanalystes et leurs tentatives d'analogies qui s'enlisent dans mes réflexions, et donc dans ma vie intérieure. Comment oublier qu'il est le seul nombre premier qui signifie à la fois neuf (le mois de *septembre*) et sa valeur *sept*, celle qui suit six ? La formule est simple : 1m976.

Je prends une douche et me savonne partout car je ne supporte pas mon odeur après avoir dormi.

A 7h17, maman m'a préparé le petit déjeuner. Un hamburger avec du bacon, un œuf Bénédicte, un verre de jus d'orange pressée et un bol de lait avec des céréales au miel.

Je mange devant la télé, en regardant *Force Five : Grandizer* (connu en France sous le nom de « Goldorak »), ma série cartoon préférée.

Atari, mon gros chat blanc racé à poils longs avec des taches grises, est un Bobtail japonais. Trop stylé. Au pays du soleil levant, il symbolise le bonheur et la chance. Il me suit comme mon ombre. Comme mon nombre porte-bonheur, le chiffre parfait, le *sept*. Il s'installe sur mes genoux et ronronne en faisant bouger ses pattes avant, de manière à ce que ses griffes attrapent et relâchent les pans de mon peignoir à carreaux verts et bleus, superposés comme les écailles d'un poisson. Sa queue me fait penser à un pompon : elle est courte, touffue et se replie sur elle-même.

A 7h47, j'allume mon IBM 5100 et vais me laver les dents, le temps que l'ordinateur soit disponible pour converser avec le diktat de mes doigts. Bien évidemment, la télé reste allumée toute la journée. C'est ma fenêtre sur le monde.

A 7h57, maman me fait un bisou sur la joue gauche et puis la droite. Ce mouvement naturel et spontané est très occidental et plutôt conservateur, puisqu'aux États-Unis d'Amérique, on lit et on écrit encore de gauche à droite.

8h07. C'est là que je dois me mettre au travail. Je suis employé par la firme Gremlin Industries et je développe pour eux le jeu d'un serpent venimeux qui mange et grossit, mais qui doit éviter de se faire toucher par lui-même, étant comme une plante hautement vénéneuse, ce qui est de plus en plus compliqué puisqu'il grandit et grossit à vue d'œil dans un espace qui devient de ce fait de plus en plus exsangue. J'aimerais l'appeler *Snake* mais les créateurs pour qui je travaille ont retenu l'appellation *Blockade*. Il devrait être diffusé sur les bornes d'arcade avant la fin de cette année. C'est très important, m'ont-ils dit. Je dois être prêt d'ici quelques jours, pour la rentrée scolaire de septembre 1976, ou octobre au plus tard. Donc 1976 est l'année la plus importante de toute ma vie. Le premier septembre 76. 1m976. Faut surtout pas que j'l'oublie.

9h07 : c'est l'appel de Lane Hauck, notre patron, avec qui je fais le point sur l'état d'avancement de mes travaux. Il me donne ensuite les instructions pour la journée à venir.

A 10h07, maman m'apporte ma collation. Je préfère le tout nouveau *Watergate Cake* avec son pudding à la pistache que le traditionnel *Carrot Cake* et ses carottes qui se disputent la vedette avec les noix.

10h37 : je reprends les formules et algorithmes binaires là où je m'étais arrêté.

A midi *sept*, je rejoins ma mère dans la cuisine où un déjeuner m'attend. Mon plat préféré : *spare ribs* avec des *french fries*.

De 13h07 à 13h57, je me fais une sieste flash. Dans ma chambre, sous le drapeau des Yankees.

14h07. Nouveau coup de fil de Lane. Il me demande là où ça coince et quelles solutions on pourrait trouver. Les mouvements du serpent sont encore trop saccadés et il pixellise. Je pense que l'on pourrait tricher avec la résolution de l'écran.

14h37 : je teste toutes les possibilités de jeux et vérifie que le langage de programmation soit bien converti sur l'échiquier invisible de l'écran.

A 19h37, je m'installe dans le vieux sofa noir devant la télé. Maman fait de la place sur la table basse en verre fumé, à gauche du téléviseur, et y dépose un grand bol orange plein de pop-corn qu'elle m'a préparé et que je finis en regardant les infos. Je descends à moi seul une grande bouteille de Coca-Cola.

A 20h07, nous passons à table où un rumsteak bien bleu m'attend.

A 21h07 je peux regarder un nouvel épisode de *Force Five : Grandizer*.

Enfin à 21h37, je me brosse les dents et vais me coucher. Puis maman me raconte l'histoire d'un autre monde qu'elle aurait connu, en faisant de grandes circonférences autour de mon lit.

C'est la seule fois que j'entends sa voix. Depuis l'accident, elle ne parle plus du reste de la journée. Pas un mot. Sauf pour l'histoire du soir.

Déjà vieille et sénile, on dit qu'elle est devenue folle depuis qu'elle est restée coincée dans l'ascenseur.

* * *

Je m'appelle Teddy. Teddy Murrey. Mais mon boss Lane m'appelle Ted. Je contemple ma silhouette et mon profil droit dans le miroir. Regarder le gauche m'est interdit. Je suis grand. Très grand. Je mesure 1m976. Je suis mince et pâle. Très pâle. La blancheur de ma peau contraste avec mes cheveux brun-vert, mi longs et lisses pour ne pas dire filasses. Si je devais me comparer à un personnage célèbre, je dirais que je ressemble au Joker. Un regard triste et absent. Avec des sourcils aux accents circonflexes. La peau tellement blanche que l'on pourrait croire qu'on l'a enfarinée. Les lèvres foncées, presque noires. Et l'air hagard d'un fou que des bouffées de crises hilarantes viennent perturber et qui provoquent une peur irrésistible chez l'autre. Car quand j'éclate de rire, c'est très violent. Et ça peut faire mal. Ma mère pense que je tiens ça d'elle. En tout cas, elle le disait avant l'accident. Maintenant, quand elle n'est pas renfermée dans son mutisme habituel, elle me tient juste quelques propos incohérents. Sept secondes, pas plus. Bien évidemment en dehors des sept minutes de son histoire quotidienne du soir.

– Merci maman pour ce brownie.
– Les champignons sautent au plafond.
– Qu'est-ce que tu veux dire par là ?
– Laissez-moi mourir en paix. Allez-vous-en !
– Mais je ne te veux aucun mal, maman. Tu es en sécurité ici. Il n'y a que moi.
– Tais-toi et prosterne-toi devant le poisson rouge.

Bon Dieu, depuis l'accident, elle fait tout machinalement. Elle prépare la cuisine comme un robot. Je n'ai rien à redire. C'est délicieux. Et puis ça me rassure de manger toujours les mêmes plats. Juste qu'elle met de plus en plus de temps et que j'ai peur qu'elle n'arrive plus à respecter les horaires.

Hier, elle m'a réveillé à 7h07 et cinquante-neuf secondes. J'aurais pu passer le cap de 7h08. Et là, je ne sais pas ce qui se serait passé. Je crois que je l'aurais étranglée. Elle avait les cheveux blancs hirsutes et dressés en désordre sur la tête. Elle ne cessait de gonfler et relâcher ses joues comme un poisson qui cherche à remplir et puis vider ses branchies.

D'ailleurs, l'histoire qu'elle me raconte ce soir se déroule dans un aquarium. Maman est dans une pièce rectangulaire, étroite mais très haute. Comme une cabine d'ascenseur. Qui se remplit petit-à-petit d'eau. Maman essaye de tenir à la surface. Sur la pointe des pieds d'abord. Et en nageant comme un petit chien ensuite, en pédalant sur place. Jusqu'à ce que l'eau n'atteigne le plafond et que les ampoules n'explosent.

Il fait tout noir et l'eau occupe désormais toute la pièce. Maman croit s'étouffer. Mais étrangement, au bout de deux minutes, elle s'est mise à respirer. Comme maintenant. Elle remplit et puis vide ses branchies. D'autres poissons sont venus la rejoindre et ont commencé à converser avec elle. Leurs écailles viennent frotter contre les siennes. Elle devine qu'elles sont colorées, mais dans le noir absolu, elle ne parvient pas à en distinguer la couleur. Surtout qu'il en vient de toutes parts. Et que comme dans *Snake*, elle commence sérieusement à manquer de place. Maman s'étouffe à nouveau. Elle émet d'étranges sifflements. En me racontant cette histoire, j'ai l'impression qu'elle vieillit à nouveau de sept ans. Elle a les traits tirés, comme après l'accident, quand elle est restée coincée vingt-sept minutes dans l'ascenseur. Lorsque les secours sont arrivés pour débloquer la cabine, ma mère était toute recroquevillée dans le coin gauche, tout au fond, dans une obscurité totale. En éclairant son visage à la torche, le concierge m'a raconté qu'elle était méconnaissable. Elle avait vieilli de vingt-sept ans, passant de cinquante-quatre à plus de quatre-vingt ans. Et là maintenant, aux pieds de mon lit, elle ressemble vraiment à une vieille dame centenaire, voire davantage. Avec les cheveux blancs effilochés et en pétard, le teint d'un gris terne à faire pâlir les nuages chargés avant la pluie, les yeux creusés et la peau sur les os, comme un poisson transparent à travers lequel on distingue les arêtes. Je pense qu'elle se prend pour une lamproie de rivière. Sûrement un poisson pourri, à en croire l'odeur nauséabonde qu'elle dégage. Si elle reste sept secondes de plus, je vais lui vomir dessus.

Heureusement, elle quitte ma chambre, en feignant de grands mouvements de brasse, pour rejoindre la sienne. Ce coup-ci, elle m'a vraiment fait peur, ma mère. Pas moyen de fermer les yeux. Alors, en me concentrant sur les photos des serpents qui jonchent le mur de ma chambre, je me mets à repenser et décortiquer chacune des formules mathématiques qui articulent mon jeu « *Snake* ». Je finirai bien par me fatiguer et trouver le sommeil.

***

« *Driiiing* ». Ce matin, maman ne me réveille pas. C'est la sonnerie du téléphone qui me fait tomber du lit, en sursaut.

Quelle nuit perturbée ! J'ai dû finir par m'endormir à l'aube. Impossible d'arriver à fermer l'œil avant.

Je me voyais dans une rivière avec ma mère qui n'arrêtait pas de zigzaguer comme un serpent de mer à mes côtés.

Les yeux rivés sur l'horloge à piles et en plastique orange, posée à même le chevet, avec les chiffres blancs qui se couchent les uns sur les autres, je vois « 0…9…H…3 et 7 » s'afficher en gros caractères sur l'écran noir.

Le téléphone pleure. Il y a bien trente-sept sonneries qui ont dû retentir depuis que j'ai ouvert un œil.

J'ai peur de quitter la chambre et de me rendre au salon pour décrocher. Je respire mal. Mon cœur galope de façon désordonnée… Mais la sonnerie répétitive et stridente m'insupporte. Alors j'enfile mon peignoir à carreaux et me dirige à tâtons vers le téléphone qui hurle dans le salon. La peur au ventre, je décroche en bégayant :

– Al… alal… allô ?

– Ah, enfin Ted.

– Ssss… sss… C'est toi Lane ?

– Et qui veux-tu que ce soit, andouille !?

– Ex… ex… excuse-moi Lane. Je n'ai pas pu me réveiller à l'heure. J'ai passé une sale nuit.

– Rien de grave, j'espère ?

– N… nnn… non. J'ai ressassé sans cesse toutes les formules, et je crois avoir trouvé celle qui coince.

– Bien, j'aime mieux ça. Je pensais que toi aussi, tu avais été victime de la grosse panne de courant, cette nuit. Bon, qu'est-ce que tu attends pour la tester, cette formule miracle ? Allez, file derrière ta machine et appelle-moi dès que c'est résolu.

– Ok Lane. Ex… ex… excuse-moi encore. Maman devait me réveiller…

– Laisse un peu ta mère tranquille. Tu as passé l'âge de te faire torcher l'cul.

– Oui mm… m… mais c'est elle qui doit me réveiller.

– Bon Ted, suffit tes conneries. Mets un réveil la prochaine fois. Et appelle-moi dès que tu as corrigé cette fichue formule. D'ac ?

– Da… da… d'accord Lane.

Dans la pièce, tout est éteint. Ce n'est pas normal. Toujours paniqué, je regagne à tâtons mon monde en passant par le couloir sombre. Je jette un coup d'œil à la chambre de maman. Rien. Le calme plat. Je n'ose pas l'appeler. Lane m'a dit de la laisser souffler. Alors, j'ouvre ma porte et franchis le seuil sous le drapeau des Yankees. Je contourne le petit lit et me dirige vers le calendrier qui pend au mur. Je déplace le curseur qui indique le jour, le mois et l'année : 1/m9/76. Ouf ! On est bien le premier septembre 1976. Je viens d'avoir quinze ans.

Pas le temps de prendre une douche ce matin. C'est horrible. Je ne sais pas comment je vais survivre à mon odeur. Même si je me suis aspergé et re-aspergé du parfum *Charlie* de Revlon, que maman laisse toujours sur la commode du couloir.

Je regarde les vêtements dans la garde-robe. C'est pratique. Je n'ai pas à choisir. Je ne perds jamais de temps pour des futilités inutiles. Je sais toujours ce que je vais porter. J'ai six pantalons identiques. Ce sont des *jeans* en velours côtelé marron et moulants, qui finissent en pattes d'éléphant. Sept chemises en polyester au motif floral psychédélique, violet et orange, très cintrées et qui arborent un grand col que l'on nomme « pelle à tarte ». Et puis, neuf paires de chaussettes blanches assorties aux caleçons taille M avec leur poche kangourou. Je sais que j'enfilerai finalement aux pieds mon unique paire de chaussures. Elles sont dorées et dites à plateforme, car c'est la mode des semelles compensées. Dans le miroir de la penderie, je contemple le reflet de mes affaires rangées :

1 paire de chaussures,
m étant la taille de mes sous-vêtements empilés,
9 paires de chaussettes,
7 chemises en polyester,
6 pantalons.

Tout est à sa place. Ça me rassure. Je commence à respirer plus normalement.

Je prends un exemplaire de chaque tas et m'habille.

Je sors de ma chambre et regagne le salon. J'allume l'IBM 5100 mais ne vais pas me brosser les dents. Inutile. Il est passé 10h07. Je n'ai pas pris de petit déjeuner et maman ne m'a pas apporté ma collation. C'est fou c'que mon hamburger au bacon, l'œuf Bénédicte, le verre de jus d'orange pressée et le bol de lait avec des céréales au miel me manquent.

Je n'ai même pas pu regarder un épisode de *Force Five : Grandizer*.

J'appelle maman. Mais rien.

Alors je crie :

– Maaaaamaaaannn, maaaaamaaaannn, j'aaaaiiii faim !

Et toujours rien. J'ai l'impression que je n'aurai même pas droit au *Watergate* avec son pudding à la pistache, ni au traditionnel *Carrot Cake*. Tant pis. Je dois me mettre au travail. Lane attend de moi que je corrige la formule qui pose problème.

Maman viendra sûrement plus tard…

J'allume la télé. Les images d'émeutes, suite à une panne d'électricité qui a déclenché des pillages dans tous les arrondissements de New York, sauf au Queens dont la centrale n'a pas été touchée par la foudre, défilent à toute vitesse. Mais la voix monocorde du speaker qui annonce près de quatre mille arrestations, parvient à calmer mes angoisses. Je peux enfin aller m'asseoir derrière l'ordinateur. Mon chat Atari vient se coucher sur mes genoux. Il ronronne en faisant bouger ses pattes avant et ses griffes attrapent et relâchent le tissu côtelé de mon *jean* marron.

12h07. Où sont mes travers de porc et les frites ? J'ai de plus en plus faim. Je hurle donc de plus en plus fort : *Maaaaamaaaannn, maaaaamaaaannn !*

Mais toujours rien. Alors je me remets au travail.

14h07. Nouveaux cris stridents du téléphone. Je sursaute tellement j'étais absorbé par les algorithmes. C'est sûrement Lane qui vient aux nouvelles :

– Comment ça se passe Teddy ?

Nerveux, je pousse Atari et frotte les mains sur mon denim. Mes jambes tremblent en suivant les battements hystériques de mes chaussures dorées qui cognent le sol.

– P… ppp… pourquoi tu m'appelles comme ça ? Tu ne dis jamais Teddy ! D'habitude, tu m'appelles Ted.

– Qu'est-ce que ça peut faire ? Ted ou Teddy, c'est quand même toi, que j'sache ?

– N… nnn… nan ! Tu m'appelles t… tt… Ted. C'est maman qui m'appelle Teddy.

– Bon, on va pas en faire un fromage…

– J… jjj… j'ai faim !

– T'as qu'à manger. Merde à la fin. Alors, cette formule récalcitrante ?

– Euh… euhhh… eurêka ! J'ai trouvé et résolu l'algorithme qui posait problème. La septième combinaison binaire ne devait pas dépendre de la masse de la variable au carré, mais bien de toute sa circonférence. En intégrant π (3,141592653589793) aux multiples de 1, 9, 7 et 6, les mouvements du serpent ne sont plus saccadés.

– Tu veux dire que tout marche ?

– Ou… ouou… oui. A part la pixellisation qui merde encore.

– Oui, mais ça c'est pas ton problème. J'ai une équipe qui travaille sur la résolution d'écran.

– Oh… oooh… ok. Ah… aaaah… alors, j'ai fini.

– C'est géant Ted ! Tu peux demander à ta mère de m'apporter le disque dur ? On fera tous les tests ici. Et si tout fonctionne *smoothly*, on devrait pouvoir lancer la nouvelle version de *Blockade* avant octobre de cette année !

– J… jjj… j'attends encore qu'elle sorte de sa chambre... Pendant ce temps, je démonte et te prépare le disque. J'ai aussi copié et retranscrit toutes les formules informatiques.

– Top Teddy !

– Ah… aaaah… arrête de m'appeler comme ça !

– Ok, ok. T'énerve pas. C'était une *joke*. Allez, salut. Et encore bravo pour ton travail.

– S… ssss… salut.

Je raccroche et retourne vers l'ordinateur posé sur la table basse du salon. Je saisis un petit tournevis cruciforme et m'emploie à dévisser le disque dur derrière l'unité centrale. L'opération est délicate car l'accès est obstrué par le câble d'alimentation. Et il ne faudrait pas que l'engin tombe et vienne briser le verre fumé du meuble.

Je prends le plus grand soin à tout démonter. J'emballe dans du papier kraft les éléments destinés à Lane. Et puis, je dispose le disque dans le plastique bulle que j'ai déroulé en grand sur le tapis orange maculé, qui sent le coca et le café séchés.

19h37. Toujours pas de nouvelles de maman. Et j'ai vraiment très faim. Alors je me lève et me dirige vers le placard de la cuisine. Je prends un bol et y vide le sachet de pop-corn. Je retourne devant la télé. Les infos ne font que montrer en boucle les scènes de pillages de la ville de New York tombée la nuit dernière dans l'obscurité. Pourquoi n'ont-ils pas fait comme maman et moi, et dormi jusqu'à plus soif, puisque tout était noir ? J'en ai marre alors je zappe et tombe sur « L'Oiseau de feu », le vingt-neuvième épisode de la série *Force Five : Grandizer*. Je me fais trois épisodes d'affilée.

Vega, Grand Stratège de Guerre, maître de la planète Stykadès, s'empare avec ses troupes d'Euphor, une planète pacifique. Qu'il ravage avec sa flotte de soucoupes et de robots géants. Durant l'attaque qui mène à la destruction finale d'Euphor, la famille royale est exterminée. Mais Actarus, fils du roi et donc prince, parvient à s'échapper après s'être emparé de Goldorak, le plus perfectionné des robots, mis au point par les scientifiques de feu la planète Euphor. Tous deux s'enfuient vers la Terre. Ils y sont recueillis par le professeur Procyon, qui ressemble comme deux gouttes d'eau à Lane. Belle gueule bronzée, cheveux bruns en brosse et menton carré sous une moustache à la Tom Selleck dans *Magnum*, mais surtout, qui dirige le Centre de Recherches Spatiales. Dans l'épisode 25, Actarus avait revu sa petite maie d'autrefois, Aphélie, une jolie jeune femme à la forte poitrine, qui doit mesurer près du mètre soixante-huit. Je crois que je l'aime. Pendant ce temps, poursuivant sa conquête de nouvelles planètes, Vega établit une base sur la face cachée de la Lune, à partir de laquelle il compte lancer l'offensive sur la Planète Bleue. Actarus se voit alors dans l'obligation d'utiliser Goldorak afin d'éviter que la Terre ne subisse le même sort que sa planète natale.

21h37. J'éteins la télé. Et vais me laver les dents. Toujours pas de signe de maman. Je ne pense pas qu'elle viendra me raconter une histoire ce soir… Alors je me couche. J'ai peur. Je n'ose pas éteindre la lumière. Pour tromper mes angoisses, je compte les serpents qui ornent les murs violets de la chambre. Leur beauté visqueuse me berce. Sssssssssssssss… *Aie confian-sssssse. Oui crois en moi. Que je puissssssssse, veiller sssssssur toi.*

* * *

LE RÉVEIL

J'entends des voix qui me chantent :

« - Ne me brise pas le cœur
- Je ne pourrais pas si j'essayais
- Oh, maman chérie, si je m'agite
- Bébé, tu n'es pas de ce genre
- Ne me brise pas le cœur
- Toi tu m'enlèves ce poids
- Oh, maman chérie, quand je frappe à ta porte
- Ouh, je t'ai donné ma clé. »
(Discographie : 2.)

Ça vient de la chambre de maman.

https://www.youtube.com/watch?v=z0qW9P-uYfM

Il est 7 heures 7. C'est le réveil radio de ma mère. Mais pourquoi ne vient-elle pas ? La chanson d'Elton John et de Kiki Dee va sur sa fin et les chiffres blancs de mon horloge à piles en plastique orange affichent déjà « 0…7…H…0 et 9 » sur le fond noir. Il faut que je me lève sans plus tarder. Absolument.

Je fais un effort surhumain pour me redresser sur les pieds encore endormis et qui dépassaient du petit lit. Je peux alors me diriger vers le calendrier qui pend au mur. Je déplace une nouvelle fois le curseur qui indique le jour, le mois et l'année : 1/m9/76. On est bien le premier septembre 1976. Je viens d'avoir quinze ans.

– Maman ? Maaaammmaaaann ? Tu boudes ?

Rien. Pas de réponse de sa part. Elle est peut-être fâchée ? Ou alors, elle se prend toujours pour le poisson des rivières…

Tant pis. Je peux aller prendre ma douche tout seul, quand même. L'eau chaude jaillit du pommeau accroché au mur. Je me savonne partout car je ne supporte pas mon odeur après avoir dormi.

7h17. Maman ne m'apportera pas le petit déjeuner. Alors je me dirige dans la cuisine, ouvre le placard de gauche et prend un bol. Puis celui de droite. Normal, on est aux États-Unis d'Amérique, et c'est plutôt conservateur de faire les mouvements de gauche à droite. Je saisis le sachet des céréales au miel. Je tâtonne dans le frigo car l'ampoule intérieure a pété. Et mes doigts serrent enfin la bouteille de lait. Dans le tiroir à côté du four, je trouve une petite cuiller. Je mélange les céréales dans le bol de lait et je mange devant la télé en regardant un nouvel épisode de *Force Five : Grandizer*.

Mon gros chat Atari s'installe sur mes genoux et ronronne en faisant bouger ses pattes avant. Ses griffes attrapent et relâchent les pans de mon peignoir à carreaux verts et bleus.

À 7h47, je veux allumer mon IBM 5100, mais c'est impossible : il manque le disque dur et des fils sortent à l'arrière de l'unité centrale. Ah, c'est vrai. Je me souviens d'avoir tout préparé pour Lane. Rassuré, je vais pouvoir quitter la pièce pour aller me brosser les dents. Mais je suis scotché à la télé qui est restée allumée, et qui fait défiler en boucle, depuis des jours maintenant, les images captivantes des scènes de pillages des magasins de New York.

Deux jeunes à l'allure hispano-américaine, l'un cagoulé de noir, et l'autre avec un bonnet rouge sur la tête et un foulard vert sur le nez, après avoir jeté une grosse brique qui a fait voler en éclats la vitrine d'une enseigne de jeux vidéo, pénètrent par effraction dans l'espace ainsi ouvert. Pour en ressortir après quelques secondes à peine, avec une console Arcade sous les bras. Pile comme celle qui trône maintenant dans notre salon, à la place du disque dur que j'avais posé là sur le sol, hier !

Sur la table en verre, un carton de pizza. Grand ouvert. Encore maculé de l'huile piquante et de quelques restes de tomates et de mozzarella. Mais vidé de sa substance nutritive.

Le salon est sens dessus dessous.

Mais qu'est-ce que c'est que ce binz ?

J'ai l'impression que les deux voleurs sont rentrés dans notre appartement. Et s'ils y étaient encore ?

J'éteins la TV. Je tends l'oreille… Merde, je n'arrive pas à entendre quoi que ce soit.

C'est flippant.

– Maman ? Maaammmaaaaannn !!!

Pris de spasmes incontrôlés, je fonce dans ma chambre et m'y enferme. Je me blottis dans le coin opposé au seuil de la porte, face au drapeau des Yankees. Assis en boule au pied du lit, en-dessous de la fenêtre brunâtre qui donne sur l'entrepôt désaffecté.

Mais qu'est-ce qui a bien pu se passer ? Pourquoi ces voleurs sont entrés chez nous ? Et comment ? Ont-ils pris maman en otage ? Oui, ils l'ont séquestrée. La torturent-ils ? Pire, ils l'ont tuée ! Ce qui expliquerait son silence…

Avec ces pensées macabres, je ne cesse de me triturer l'esprit comme un croque-mort creuse la terre. Et la journée passe. Lentement. Au ralenti, sans que je n'ose sortir de ma chambre. J'enlève mon peignoir à carreaux, enfile mon pyjama marron et me couche enfin. Sans m'être lavé les dents. J'ai bien peur de ne pas arriver à m'endormir.

En cherchant le sommeil, j'entends depuis la chambre de maman un cri continu et strident, comme le sifflement d'une bouilloire d'eau chaude sur le feu, et puis la voix d'un des voleurs qui reprend en chœur :

« Je, j'aime les vêtements colorés qu'elle porte
Et la façon dont la lumière du soleil
joue avec ses cheveux
J'entends le son d'un mot doux
Sous le vent qui élève son parfum dans l'air
Je capte de bonnes vibrations,
Elle me donne des excitations
J'ferme les yeux, d'une certaine façon elle est plus
proche maintenant
J'souris doucement, je sais qu'elle peut être gentille
Quand je la regarde dans les yeux

Elle m'accompagne dans un monde en fleurs
Je capte de bonnes vibrations
Elle me donne des excitations. »
(Discographie : 3.)

https://www.youtube.com/watch?v=mdt0SOqPJcg

C'est insupportable. Je ne peux plus cacher ma tête sous l'oreiller et rester là à ne rien faire. Il faut que j'aille sauver maman. Il n'y a que moi qui puisse respirer son parfum dans l'air. Que moi qui puisse entendre ses mots doux. Que moi qui aie le souvenir des vêtements colorés qu'elle portait du temps où les rayons du soleil jouaient avec ses cheveux blonds. Qu'avec moi qu'elle sache être gentille. Que moi pour capter ses bonnes vibrations et qui puisse en être tout excité !

C'en est trop. Cette fois, ils sont allés beaucoup trop loin.

Je me lève. Passe mon peignoir à carreaux par-dessus mon pyjama marron. Je prends mon courage à deux mains, et surtout, le maillet de polo que papa m'avait offert pour mes 4 ans. Je sors de ma chambre. En silence. La respiration coupée. Sur la pointe des pieds, je frôle les murs du corridor jusqu'au chambranle encadrant le battant restant désespérément clos, et qui empêche tout accès au domaine de ma mère.

Devant la porte fermée, alors que je refuse pourtant de m'avouer vaincu et de me rendre, mon imbécile de cœur galope et fait résonner la chamade. Ma respiration se précipite de façon désordonnée et en devient ridiculement haletante. A nouveau, je m'efforce de ne plus respirer. Tout en bloquant mes poumons, j'agrippe le maillet de polo de la main gauche et pose doucement la droite sur la poignée de porte, en exerçant une pression suffisante qui lui permet de s'entrebâiller. Je respire à fond. Ensuite, je l'ouvre violemment d'un coup de pied.

Mon regard parcourt la pièce. Rien. Pas un chat en vue. Pas de trace des deux voleurs. Ni de maman. Ni d'Atari. Je m'aventure donc dans cette demeure inconnue, restée jusque-là interdite et inviolée.

J'hallucine. Devant moi, des centaines de bougies illuminent la caverne et lui confèrent une ambiance mystique, pour ne pas dire morbide. C'est un mausolée à l'effigie de mon père. Une chambre mortuaire. Les murs noirs sont bardés de photos du paternel. Il y a aussi ses vêtements sur des cintres un peu partout dans les placards ouverts, et même certains accrochés dans des cadres dorés, auxquels elle a presque donné vie, en les pliant et les froissant comme s'ils étaient en situation, décorés de banderoles et trophées variés remportés par papa. Cela relève du fétichisme. C'est une forme de folie. Ma mère est encore folle de lui !

Je m'enfonce dans la pièce. L'air est nauséabond. Et toujours pas de trace des deux bourreaux ni de maman. Le sol du dortoir est froid et complètement détrempé. Comme inondé. Je marche prudemment. La peur au ventre, je contourne le lit.

Quand tout à coup, mon pied gauche qui était en appui, glisse sur les écailles d'une nageoire de poisson. Je tombe instantanément à la renverse. Impossible de garder l'équilibre sur cette savonnette imbibée d'eau de mer.

Et ma tête percute violemment le carrelage froid. Je perds immédiatement connaissance.

* * *

LA VEILLE

J'entends au loin le son des guitares disco-latines. Et puis je devine progressivement, dans les vapeurs matinales, maman danser et chanter :

« Bébé, tu me comprends maintenant
Parfois, je me sens un peu en colère
Ne sais-tu pas que personne de son vivant
Ne peut toujours être un ange ?
Quand les choses tournent mal, je semble être mauvaise
Mais je ne suis qu'une âme dont les intentions sont bonnes
Oh Seigneur, ne me laissez pas être mal comprise
Si j'ai l'air tendue, je veux que tu saches, bébé,
Que je n'ai jamais voulu m'en prendre à toi. »
(Discographie : 4.)

https://www.youtube.com/watch?v=A4gngcTrn-c

Je me souviens maintenant. Le hit de l'été du groupe Santa Esmeralda. Cette reprise de la chanson composée en 1964, par Bennie Benjamin, Gloria Caldwell et Sol Marcus. C'était pour la pianiste et chanteuse Nina Simone. Elle fut sacrée à peine un an plus tard tube incontournable avec The Animals. En fait, hier, j'entendais le réveil-radio de maman. Il était 7 heures 7. Je me suis levé. Je me suis dirigé comme d'habitude vers le calendrier qui pend au mur. J'ai déplacé une nouvelle fois le curseur qui indiquait du coup correctement le jour, le mois et l'année : 1/m9/76.

On était bien le premier septembre de l'an 76.

Et deux heures plus tard, Lane m'appelait :

– Hello Ted. Comment va ce matin ?

– B… bbbb… bien.

– Des nouvelles de ta mère ?

– N… nnn… nnon. Toujours pas.

– Tu es allé voir dans sa chambre.

– N… nnnn… non. J'peux pas y aller. C'est interdit.

– Mais tu es crétin. Et s'il lui était arrivé quelque chose ?

– N… nnnn… non. Impossible. J'peux pas y aller. C'est interdit.

– Bon. C'est ton problème. Tu sais, elle est peut-être sortie, et tu ne t'en es pas rendu compte ?

– J… jjj… j'sais pas.

– En tout cas, moi, j'ai besoin du disque dur. Mais bonne nouvelle : je t'envoie Bob et Stue. Ils ne devraient pas tarder. Ils t'amènent une console Arcade. Ils vont y charger le contenu du disque dur dans la mémoire vive, et une autre partie dans la mémoire morte. Ils feront les tests de vérification. Et puis te laisseront la console afin que tu puisses jouer avec *Blockade* et voir si le serpent se comporte bien. De leur côté, ils me ramèneront le disque dur afin qu'on procède de la sorte sur toutes les machines à l'usine.

– K… kkk… cool !

– Je leur ai demandé aussi de t'apporter une pizza. Tu aimes la Margherita ?

– Ouh… ooouuh… oui.
– OK. Ils ne devraient pas tarder.

J'remets tout maintenant. J'me rappelle comment ça s'est passé. Robert et Stuart sont bien arrivés hier matin chez nous. Ils ont bossé toute la journée sur la console qu'ils ont déposée à même le sol du salon. La pizza était délicieuse. Je l'ai dévorée. Je mourrais de faim. Et puis, j'ai joué quasiment toute la nuit avec *Snake*. Il a tellement grossi qu'il a failli déborder de l'écran, mais sans saccade ni pixel. Maman peut être fière de moi !

* * *

Je recouvre peu à peu mes esprits. Ma respiration reprend son souffle. Je me réveille. J'ouvre les yeux. Et…

Je sursaute ! Horreur : je me retrouve nez à nez avec elle. Mon visage collé au sien. Ma mère est étendue sur le sol. J'ai trébuché sur elle. Merde ! Elle est encore plus grise que la dernière fois. Et elle est toute raide. Elle sent vraiment mauvais. Comme du poisson pourri. Ses yeux écarquillés regardent le plafond. Sa bouche ouverte a laissé couler beaucoup trop de liquide. Ce qui explique toute l'eau de mer sur sol : c'est l'eau de mère !

Ses joues sont creusées comme des branchies asphyxiées. Mais le plus extraordinaire, ce sont les écailles qu'elle perd un peu partout autour du cou.

Maman ne respire plus. Elle ne bouge plus. Ne parle plus. La voilà mon explication : Maman est morte.

Je me relève, dépoussière mon peignoir à carreaux, ramasse le maillet de polo et vais éteindre le réveil-radio de ma mère. Sur l'écran, la date du jour de sa mort est tristement affichée : 19/7/… 197…7 ! Impossible. Nous ne pouvons pas être le 19 juillet 1977. C'est improbable. Ça ne marche pas.

Je retourne dans ma chambre et m'assure que le calendrier qui pend au mur affiche toujours correctement le jour, le mois et l'année : 1/m9/76.

Ouf ! Tout est normal. On est bien le premier septembre 1976. Je viens d'avoir quinze ans.

Je peux donc m'habiller. Je me glisse dans mon

pantalon, un *jean* en velours côtelé marron et moulant, qui finit en pattes d'éléphant. Je boutonne ma chemise en polyester au motif floral psychédélique, violet et orange, très cintrée, et j'ajuste son grand col. Et puis, je lace finalement mes chaussures dorées aux semelles compensées.

Bon, il va bien falloir que je songe à me nourrir. Le frigo et les placards sont vides.

Je retourne dans la chambre mortuaire où maman s'est momifiée. Je lui fais les poches et trouve le portefeuille. Il contient toutes ses économies. Mon salaire en fait. En la volant, je rends en quelque sorte à César ce qui lui appartient.

C'est une première étape. Maintenant, il va falloir sortir de l'appartement. Et ça, c'est au-dessus de mes forces.

Je respire profondément. Expire lentement. Respire à nouveau. Et ainsi de suite. Jusqu'à ce que ma fréquence cardiaque avoisine les soixante-cinq battements par minute. Je crois que je peux essayer de partir affronter le monde extérieur. Je sors dans le couloir, en prenant soin de bien refermer à clef la porte derrière moi. Je ne voudrais pas que maman s'en aille.

Il fait tout noir maintenant. Mes doigts cherchent à l'aveuglette l'interrupteur qui activera la minuterie. *Tilt*. Ça y est. Une pâle lumière verte éclaire les murs gris du hall du neuvième étage. Je passe devant un miroir. Et contemple mon côté droit. C'est vrai que je ressemble au Joker et que je peux faire peur. Mais vous avez déjà tourné une carte ? Non, pas retourné, je veux dire, lui faire faire un tour de cent quatre-vingts degrés sur elle-même. Eh bien, le Joker est découpé par une diagonale qui le divise en deux faces opposées : son reflet est d'une toute autre couleur que l'original. Ou vice versa. Rouge et vert au-dessus, il devient jaune et bleu dans l'autre sens de la diagonale qui traverse ses deux profils sur la carte. Ce qui est mon cas. Quand je tourne le visage vers la gauche et contemple enfin mon nouveau reflet dans le miroir, j'ai toujours mon charisme sans pareil, mais je dégage aussi beaucoup de charme. Mes cheveux sont plus denses et bruns. Mon visage pâle absorbe la lumière et s'ensoleille comme l'aube chaude sur les façades d'une New York endormie. Et le bleu profond de mes yeux doux aspire le regard de la ville et de toutes ses créatures. Maman me trouve irrésistible. Et quand je souris du côté gauche, j'ai l'air d'un champion. Je pense que ce sont là les gênes de mon père, Nick Murrey.

En fait, ma dualité physique n'est pas sans rappeler celle de Nicolas Cage et de John Travolta dans Volte-Face. Lorsque le terroriste Castor Troy est plongé dans le coma, et que Sean Archer, agent du FBI, subit une intervention chirurgicale esthétique. Il prend le visage de Troy afin d'infiltrer ses complices. Puis, quand Castor sort du coma et se fait opérer pour prendre à son tour le visage d'Archer, on ne sait plus qui est Travolta et qui est Cage.

Je me dirige vers la cage... d'ascenseur. J'appuie sur le bouton d'appel. Un grand *clang* met en branle la cabine qui était restée coincée deux étages plus haut. L'engin arrive au palier. Ses deux portes coulissantes s'éclipsent et m'invitent à pénétrer dans la pièce verticale et rectangulaire, capitonnée de losanges bleus et argentés, comme des écailles de poisson. J'avance donc et m'introduis dans cet espace exigu. Un long néon jaune m'éclaire mal depuis le plafond. A nouveau mon cœur galope et ma respiration s'affole :

Face à moi, le boîtier de contrôle qui indique les étages. Ils vont de 1 à 13.

Si pour les étages, cela me semble assez clair, c'est en-dessous que ça se complique.

Il y a une lettre M. Et encore plus bas, la lettre G. Qu'est-ce que ça peut bien vouloir dire ?

M pourrait indiquer le *Middle Floor* (Entresol) ?

G serait alors le *Ground Floor* (Rez-de-chaussée) ?

Je sens que c'est une de ces deux touches que je dois choisir pour sortir de l'immeuble. Mais laquelle ? Mince, sur quel bouton dois-je appuyer ?

Les portes coulissantes se referment et la lumière s'éteint. Bordel. Là, il fait tout noir. Et je panique. Que faire ? Je n'ai pas de briquet pour éclairer les touches. Ma respiration s'accélère.

C'est alors que la cabine démarre. Toute seule. Et elle descend très vite. Je ressens de fortes secousses. J'entends le frottement du réceptacle contre les câbles en acier. Dans le noir, un voyant, telle une petite loupiote, semble indiquer les étages que l'engin fou emprunte et qui défilent les uns après les autres :

8 – 7 – 6…

Ça va vite.

Très vite.

5 – 4 – 3 – 2…

1

L'OPIUM DU PEUPLE

On s'arrête pile au premier étage. Les portes coulissantes s'ouvrent. La cabine s'illumine enfin. Le couloir aussi. Je reprends mon souffle et mes esprits. Un jeune liftier m'invite à sortir. Il est habillé comme Spirou, mon personnage de bédé préféré. En complet rouge avec des gros boutons dorés sur le veston. Une bande noire sur le côté extérieur du pantalon carmin. Des chaussures en cuir d'ébène et d'ivoire. Une coiffe de groom, en carton recouvert de velours pourpre avec un ruban d'encre de Chine au milieu. Fixé sur l'avant par un grand bubon rond en laiton. Ça doit être lui qui a activé l'ascenseur. Il me fait signe de le suivre. Je sors donc de l'habitacle aux losanges bleus et argentés. Et nous nous engageons sur la droite dans le couloir. Il ressemble au nôtre. Une pâle lumière verte éclaire les murs gris du hall du premier étage.

En face, une porte est grande ouverte. Il émane de cet endroit une lumière chaude, comme celle du monde extérieur quand il fait beau. Le liftier s'efface en m'invitant à y pénétrer.

– Nous vous attendions. Vous avez fait bon voyage ?

– S... sss... c'est pas moi qui ai appuyé sur le bouton. L'ascenseur est parti tout seul.

– C'est sans importance. Votre matricule ?

– J... jjjj.... je m'appelle Ted. Mais maman m'appelle Teddy.

– Je ne comprends pas. Quelle est votre matricule ?

– J… jj… je dois sortir pour faire des courses.

– 1f675, merci de bien vouloir mesurer ce voyageur.

– Bien, 1m842.

– Noble voyageur, suivez-moi je vous prie. Enlevez vos chaussures. Les deux. Et mettez-vous contre le mur. Là. Collez votre tête et votre dos bien à plat contre la paroi. Voilàààà. Tenez-vous droit. Regardez devant vous. La tête bien droite, que je puisse y poser la partie coulissante de la toise. On ne bouge plus… 1m976.

– Parfait. Merci 1f675. Bien, voyageur, vous êtes donc le matricule numéro 1m976. Pourquoi êtes-vous rentré par ici, et pas par la porte principale ?

– S… sss… c'est pas moi qui ai appuyé sur le bouton. J… jjjjj… je dois sortir pour faire des courses.

– Le matricule 1f675 va vous conduire au *mall* le plus proche.

– M… mmmm… merci Monsieur.

– On ne dit pas *Monsieur*. Ce terme est inutile et inutilisé depuis très longtemps. Depuis que le sexe a été considéré comme discriminatoire et donc sans importance, nul et non avenu. Nous l'avons éradiqué de notre vocabulaire. Comme tout ce qui est superflu, le sexe a bien évidemment disparu de notre vie. Nous marquons juste la différence par la lettre m ou f dans nos matricules.

– Venez 1m976. Suivez-moi je vous prie.

– M… mmm… merci 1 euh, 1f…

– 1f675.

– M… mm… merci 1f675 !

Cette jeune femme, début de la vingtaine, est bien proportionnée. On dirait Aphélie. À force de regarder *Force Five: Grandizer*, j'en suis tombé amoureux. Je pense l'avoir connue bien avant la télé. C'est sûr, elle ne me laisse pas indifférent. Elle porte une combinaison dorée, zippée sur le devant. A ses pieds, des chaussures argentées à lacets rouges et aux semelles compensées. Elle doit mesurer près du mètre soixante-dix, mais si j'ai bien compris, les matricules donnent la taille exacte des personnes, au millimètre près. Donc elle fait un mètre soixante-sept et demi. Elle a les cheveux blonds bouclés. Sa peau est mate. Ses yeux vert noisette me regardent à peine. En fait, malgré son charme latin, elle est très froide. Et distante. Comme si je ne l'intéressais pas.

Nous descendons une petite ruelle mal goudronnée, entre les bâtiments de briques rouge et marron, typiques du quartier en plein cœur de Riverdale, tout au nord-ouest du Bronx. En bas, une DeSoto noire aux vitres teintées nous attend. 1f675 ouvre la portière avant, côté passager, et m'invite à m'asseoir. Elle referme la porte et fait le tour par l'arrière du véhicule, en prenant soin de regarder que personne n'ait rayé ni griffé la belle carrosserie lustrée et rutilante. L'intérieur de la voiture est en cuir blanc ! Il sent le neuf. 1f675 s'assoit à mes côtés et démarre le bolide.

– Ça te dérange si je mets la radio ?

– N… nn… non. Pas du tout.

Elle tourne dans le sens des aiguilles d'une montre le gros bouton rond à gauche de l'autoradio argenté Pioneer KP-8300. Puis enfonce le bouton noir sur lequel sont gravées les lettres FM. C'est celui en-dessous de l'écran indiquant les stations, bien plus bas que le réceptacle destiné à y insérer des cassettes. Ensuite, elle augmente légèrement le volume en tournant à nouveau vers la droite le gros bouton rond. Tout en roulant vers le *mall*, 1f675 ouvre sa fenêtre, et les cheveux au vent, elle se met à chanter à tue-tête :

« Plus de rires insouciants
Le silence pour toujours
Marcher dans une maison vide
Des larmes dans les yeux
Voici où se termine l'histoire
C'est un adieu
Me connaître, te connaître (a-ha)
Il n'y a rien que nous puissions faire
Me connaître, te connaître (a-ha)
Nous devons juste y faire face. »
(Discographie : 5.)

https://www.youtube.com/watch?v=iUrzicaiRLU

Comment sait-elle pour maman ? Comment devine-t-elle que j'ai pleuré ? Et d'abord, pourquoi me connaît-elle ?

Absorbée par la conduite de la berline et sans doute trop occupée à chanter, 1f675 ne voit pas le chat noir qui traverse à toute vitesse devant nous. Je crie la gorge nouée :

– Attention ! Mais freine. Freine !!!

Trop tard. L'inévitable se produit. Je ressens un grand *bang* sous le pneu avant droit. Le chat a été englouti par la roue au pied de mon siège. Et puis projeté vers le garde-boue arrière.

– Ça alors ?

– « Ça alors » : c'est tout ce que tu trouves à dire ? Tu viens d'écraser un chat, et ça ne te fait rien ?

– Tu ne bégayes plus.

– Mais je m'en fous de ne plus bégayer. Ce chat est mort sans que tu n'aies essayé de l'éviter. Ni de freiner. Et ça ne te laisse aucune émotion ?

– *Émotion*. Encore un mot banni de notre vocabulaire. C'était irrationnel. Et cela nous faisait perdre toute lucidité dans les choix à faire. Sous son diktat, nous avions perdu toute notion de la réalité et nous ne prenions pas les bonnes décisions. Cela fait donc depuis le XIXe siècle que nous n'avons plus d'émotion. L'amour, la joie, la douleur, la compassion, l'envie, la jalousie, la nostalgie, le bonheur, le regret et toute autre forme d'émotion sont sans importance, nuls et non avenus. Nous les avons éradiqués de notre vocabulaire. Et comme pour tout ce qui est superflu, l'émotion a bien évidemment disparu de notre vie.

Je ne m'étais pas aperçu que nous étions entrés dans Manhattan. Nous avons traversé Harlem dont les vitrines des magasins semblaient avoir volé en éclats, à l'instar de toutes les autres croisées jusqu'à présent.

– Pourquoi ne s'arrête-t-on pas ici pour faire les courses ?

– Nous nous dirigeons vers le Queens. Ils n'ont pas eu de panne de courant là-bas. Alors rien n'a été vandalisé. Ni pillé. Les magasins fonctionnent normalement. Tout est ouvert. Je connais un centre commercial chez les Italiens où tu trouveras tout ce que tu cherches. De très bonne qualité et à des prix imbattables. J'ai cru comprendre que tu aimes la cuisine de ta mère...

– Justement, 1f675. Tout-à-l'heure, quand tu chantais *Knowing me, knowing you,* alors que nous ne nous connaissons pas, j'avais l'impression du contraire : que nous nous connaissons, que tu connais ma maman, que tu m'as vu pleurer dans l'appartement, et que tu es au courant pour elle...

– Ça fait quoi de pleurer ? Et comment s'y prend-t-on ?

– Tu ne m'as pas répondu. Je te répondrai si tu me réponds.

Sans ralentir, la DeSoto se déporte vers la gauche et emprunte le pont de Randall's Island. Et puis se dirige vers le quartier d'Astoria. Je remarque que 1f675 n'arrête pas de me jeter des coups d'œil tout en conduisant. Elle semble attirée par mon profil gauche. Et puis, j'fais pas mes quinze ans. Plutôt dix-neuf piges bien tassées. Donc nous deux, ça pourrait matcher. Je sais qu'elle me plaît depuis toujours. Et bien avant notre première rencontre. J'ai sûrement rêvé d'elle. Peut-être j'en rêve encore ?

– Quoi ta mère ? Elle est morte, c'est ça ?

– Oui, c'est exactement ça. Comme dans la chanson que tu chantais : « Plus de rires insouciants, le silence pour toujours. Marcher dans une maison vide. Des larmes dans les yeux. Voici où se termine l'histoire. C'est un adieu. »

– Mais c'est normal, 1m976. Toutes les histoires finissent par se terminer. Et plutôt mal, en général. Quel âge avait ta mère ?

– 54 ans. Mais elle en paraissait le double.

– En plus. Et ça t'étonne ?

– J'en ai pleuré.

– Alors, comment t'y es-tu pris ? Pour pleurer ?

– Mais, rien de plus normal. C'est ma mère et elle meurt. Les larmes finissent toujours par couler.

– Ça m'intrigue. 1m976, tu es un cas unique.

Nous nous sommes arrêtés au sud-ouest du Queens. Juste à côté de Brooklyn. Dans les étalages du magasin, j'ai effectivement retrouvé tous les aliments qui servaient à maman. Les pâtes fraîches, les hamburgers, les oignons, les cornichons et les tomates rouges, les petits pains mous, le *tomato ketchup*, les céréales au miel, des chips, du coca, toutes les marques de pop-corn, un assortiment de *cheesecakes*…

Nos sacs pleins, nous refaisons le chemin en sens inverse. J'ai bien évidemment réglé la note de 1f675, pour la remercier de toute la peine qu'elle s'est donnée. Et pour les trajets en voiture. Mais cela ne lui a rien fait. Pas le moindre battement de cil. Visiblement, *merci* est sûrement aussi un autre mot banni.

– 1m976 ?

– Oui ?

– Peux-tu ouvrir la boîte à gants, à droite du

tableau de bord devant tes genoux, et prendre le petit flacon contenant mes pilules roses ?
– Bien sûr. Attends, je cherche…

Je retire un pot en verre, contenant effectivement une vingtaine de petites pastilles roses.
– C'est ça ?
– Oui. Peux-tu m'en donner une ?
– Voici, 1f675. C'est quoi ?
La jolie jeune-femme, sans décélérer, incline sa tête en arrière d'un coup sec, et avale la pilule que je lui tends.
C'est alors que, juste au bout de sept secondes à peine, je la vois pour la première fois qui me regarde, dans le bleu profond de mes yeux, et me sourit. Son beau visage s'illumine *for the very first time*. Et son regard prend une vie que je ne lui connaissais pas jusqu'à présent.
– Ce sont nos petites pilules de bonheur. Elles coûtent horriblement cher. Les dealers, qui ont le monopole, en profitent bien évidemment. Tout le monde en prend. Elles désinhibent. Nous ouvrent à la sexualité. On se rend alors compte de la différence entre les genres. On distingue le masculin du féminin. C'est une sensation incroyable et tellement forte ! Alors on bosse dur. Pour pouvoir s'offrir le luxe d'en prendre une de temps en temps. Seuls les riches peuvent se les payer régulièrement. Et les très riches en ont tout un stock ! L'effet est immédiat. Et cela dure environ une heure.
– Ça te fait quoi au juste ?
– Là par exemple, en te regardant, j'ai le cœur qui se serre et s'emplit de… quelque chose qui

ressemble au bonheur. C'est comme un pincement. Mais qui fait du bien. Un doux picotement…

– Mais j'éprouve exactement la même chose.

– Et tu n'as rien pris ?

– Rien. J'ignorais jusqu'à l'existence de ce truc.

Son regard et le mien font le grand plongeon. Dans les eaux claires. Bleues pour elle. Vertes pour moi. Elles coulent au cœur de nos visages troublés. Empourprés. Brûlants de la lutte acharnée qui vainc nos timidités.

– J'ai envie de t'embrasser.

– Moi aussi.

La voiture décélère enfin, et se déporte sur la droite. On s'arrête. Et 1f675 plaque ses lèvres charnues contre les miennes. Nous nous embrassons avec passion. La température dans l'habitacle blanc augmente d'un cran. Je lui dézippe sa salopette tandis qu'elle déboutonne ma chemise en polyester, au motif floral psychédélique violet et orange, qui me devenait beaucoup trop cintrée, et dont le grand col n'est plus du tout ajusté maintenant.

– C'est incroyable que tu arrives à ressentir tout ça sans pilule !

– Cela s'appelle une émotion.

– J'aimerais que tu m'apprennes…

– Promis, 1f675. Je vais t'apprendre.

Le goût de ses lèvres sent bon la fraise. Les miennes transpirent les mille et une épices du fruit interdit. Nos caresses sont gauches et hésitantes.

Jusqu'à ce que ses yeux glissent sur son poignet fin et délicat, enlacé d'une montre qui indique 19 heures 7 minutes et 6 secondes.

– Mince. Il faut repartir, 1m976. Je ne veux pas nous mettre en retard.

Nous nous rhabillons et ma conductrice remet ses cheveux en place. Son visage perd petit-à-petit de son intensité. J'espère qu'il ne va pas redevenir le visage froid que j'ai connu à notre première rencontre.

Ses deux mains agrippent le volant et la DeSoto se remet en marche.

– Tu aimes le baseball, 1m976 ?

– Oui. Beaucoup. Je suis fan des Yankees.

– Moi aussi. Je les adore. Surtout leur batteur gaucher, Reggie Jackson. Je regarde tous leurs matchs. Je suis incollable en la matière. Surtout quand je suis *stone*. D'ailleurs, il faudra que je te présente aux copains et aux copines. Jamais ils ne me croiront. Que tu sois dans le même état que nous, sans avoir pris le moindre artifice... C'est dingue !

– Fais comme tu le sens, *honey*.

Je sais pas pourquoi je lui ai dit *honey* ? Ça m'est sorti comme ça. C'est con.

– Houlà. Comme tu y vas ? *Chérie*, c'est un sobriquet du siècle dernier, ça ?

– Excuse-moi, 1f675. C'est que, s'appeler par nos matricules, ça me coupe le sifflet.

– Pour un ex-bègue, je trouve que tu ne l'as pas trop perdu, ton sifflet. J'ai d'ailleurs pu le constater sous ton *jean* de velours...

– M'enfin, 1f675 ! Que vas-tu chercher là ?

– Tu as raison, 1m976. Ce qui s'est produit avec la pilule rose reste avec la pilule rose.

– Ce n'est pas ce que je voulais dire… Si tu veux apprendre à te passer de ces drogues pour avoir des sensations, il faudra que tu fasses d'abord un travail de mémoire. Te forcer à repenser à toutes les émotions que tu as vécues lors de leur prise.

– Tu as sans doute raison. En attendant, les effets commencent à s'estomper.

– J'avais remarqué. Ton visage se crispe un peu.

– Alors, redonne-moi une petite pilule. S'il te plaît.

J'ouvre la boîte à gants et en extrais le pilulier. Je lui tends une pastille rose qu'elle avale d'un nouveau hochement de tête.

Nous arrivons dans le Bronx, dans nos quartiers de Riverdale. Mais au lieu de remonter vers ma rue, la DeSoto tourne sur la gauche, et redescend la River Avenue, pour s'arrêter à 100 mètres à peine du Yankee Stadium, au 836, devant l'enseigne du *Stan's Sports Bar*, qui doit appartenir à Stan Smith.

Devant le stade, les marchands de rêve replient leurs stands. Comme tous les soirs de grands matchs, ils ont fait recette. Leurs stocks de pilules roses ont été littéralement dévalisés par un public assoiffé d'émotions fortes.

– Que fait-on ici, 1f675 ?

– C'est un soir de match. Les Yankees jouent ce soir.

– Oh, géant ! Je vais voir un match des Yankees.

– T'emballe pas trop, 1m976. C'est aussi retransmis à la télé. Et l'ambiance de ce bar est unique car ils servent la bière avec des pilules roses. J'ai pensé que te présenter aux collègues, juste en face de ce temple du baseball, l'endroit mythique où Babe Ruth a construit la légende, comme lanceur et puis comme joueur de champ extérieur, c'est ce qu'il y avait de mieux à faire… Surtout si les Yankees gagnent ce soir.

– Tu me mets la pression là.

– Mais non. Tu vas voir : si sans pilule, tu arrives à ressentir ce qu'on ressentira tous, alors je te le dis, tu seras considéré comme un héros, comme une légende toi aussi. On voudra que tu nous apprennes. Allez, on entre.

L'endroit empeste le tabac. Elle prend une cigarette dans un paquet blanc et rouge posé en libre-service sur le comptoir. Elle la porte à sa bouche. Je sors un briquet de ma poche et la lui allume. Son visage s'illumine à nouveau. Elle me sourit. Au-dessus de nos têtes, un nuage de fumée, des photos jaunies accrochées de partout, des fanions, des drapeaux… Et tout autour de nous, une foule de fumeurs serrés devant l'écran de télé, entre les écriteaux « *catchers* » (receveurs) et « *pitchers* » (lanceurs), agglutinés au bar, à boire des bières artisanales. Les fameuses *Pinstripe Pills* aux étiquettes rayées de noir et de blanc, comme le polo d'un arbitre. Qu'il s'agisse de football américain, de basket ou de baseball, j'ai toujours adoré les *stripes*, les rayures, de l'arbitre de ligne, en première ou troisième base. Celles-là même qui ont donné naissance à la brasserie *Blue Point,* perdue dans le village côtier de Patchogue, au sud de Long Island.

Les Yankees l'ont emporté. Haut la main. Quelle correction infligée aux Red Sox de Boston !

Dans le bar bondé, les pastilles roses ont produit l'effet escompté. L'ambiance y est très chaude. On devine facilement que personne n'a omis de prendre les fameuses pilules euphorisantes. Les commentaires chauvinistes vont bon train. Toute l'assemblée est visiblement pro-Yankee. Il ne ferait pas bon de porter des chaussettes rouges ce soir.

C'est alors que 1f675 s'approche du comptoir principal, pose sa main droite sur le zinc et s'empare du micro qui sert habituellement à lancer le début des festivités de la *Happy Hour*.

– Hey, 1f675, tu vas nous annoncer que tu offres la tournée ?

– Oh oui. La tournée, la tournée, la tournée !

Tout ce petit monde, serré collé autour du zinc, commence à scander à l'unisson « la tournée ».

– Désolée, *chaps*. Pas de tournée cette fois. Je viens simplement vous parler d'un héros. Une légende. Tout comme le *bambino*, le voyageur que vous allez découvrir, cet extraterrestre, est incroyable. Imaginez qu'il est capable de ressentir ce que l'on vient de vivre, mais sans aucun artifice. Sans avoir pris une seule pilule. Ni drogue.

Mesdames, Messieurs, oui oui, tout comme vous, là maintenant, j'arrive à faire la différence. Et ça m'excite de la faire. *Boys and Girls*, laissez-moi vous présenter… 1m976 !

Je m'approche d'elle. Je me fraye un passage dans la foule. Sous un tonnerre d'applaudissements et la lumière tamisée, pile en dessous du fanion des Yankees, elle me tend le micro.

– *Ladies and Gentlemen*. C'est trop d'honneur que

vous me faites là. Mais oui, j'ai hurlé, tout comme vous, lorsque Reggie Jackson a enchaîné ses deux coups de circuit. Que d'adrénaline ! Nous sommes les champions de la ligue américaine. Nous allons pouvoir affronter en finale de la série mondiale les champions de la ligue nationale, les Dodgers de Los Angeles. Retenez bien ces dates : du 11 au 18 octobre. Oh la la. Je n'en reviens toujours pas. Mon cœur bat à plus de cent sept BPM. Exactement comme les vôtres. Et oui, je vous le confirme, je n'ai pris aucune substance, licite ou non. Ce que je ressens, ce n'est qu'une infime partie des émotions qui m'envahissent, dans un sens comme dans l'autre, lorsqu'un évènement ou une situation m'affecte. Je suis, comment vous dire, naturellement sensible. Mais cela n'a rien de surprenant. C'est à la portée de tous. Et puis, c'est tellement bon de se sentir heureux, amoureux, puissant, fier… surtout après avoir été malheureux, haineux, fragile ou avoir douté de soi !

– Des preuves. On veut des preuves.

– Oui, on veut des preuves. 1m747 à raison.

– Calmez-vous. Du calme.

1f675 continue de crier « du calme » et doit même s'interposer :

– Les meufs, hé les mecs, bordel ! Laissez 1m976 s'exprimer !

– Essayez de vous rappeler, *ladies*, de la toute première fois que vous avez eu vos menstruations. Qu'est-ce que ça vous a fait ?

Du regard, je questionne une à une les filles et leurs daronnes autour de moi. Et la première, après une brève hésitation, se lance :

– Euh, j'me suis sentie sale.

Une seconde enchaîne :

– J'avais l'impression de me vider de mon sang.

Puis une troisième :

– Maman m'a giflée. Ça m'a fait mal à la joue.

Une quatrième prend la parole et ainsi de suite.

– Ce travail sur la mémoire est la première étape à franchir pour reconquérir le chemin des émotions. La deuxième étape est l'imaginaire. Ou l'imagination, si vous préférez.

Et pour changer, *Gentlemen,* cette fois-ci, je m'adresse à vous. Imaginez-vous dans un demi-siècle. Oui, dans cinquante ans. Imaginez-vous être dans les années vingt. Dans ces années lointaines, figurez-vous qu'il n'y aura plus, dans les avions, d'espace fumeurs. Les vols ne seront que des vols non-fumeurs.

Une voix me coupe dans mon élan :

– Et pourquoi pas la Reine d'Angleterre comme hôtesse de l'air, avec une plume dans l'derrière ?

Éclats de rire général.

– Ok, ok... Je vous entends déjà me rétorquer, sans vouloir faire de mauvais jeux de mots :

« Comment pourrait-on voler sans réacteur ni fumée ? » Et bien ce sera pire : imaginez que cela puisse même s'étendre aux long-courriers ! Les voyageurs devront rester des heures et des heures sans fumer. Et une fois à l'aéroport, ils devront encore marcher des kilomètres avant d'être entassés dans une pièce sans fenêtre, conçue sur le modèle des chambres à gaz, et qui ressemble à une énorme hotte aspirante. Mais ce n'est pas tout. Pour ceux qui y survivent, le calvaire de leur voyage continuera : même les chambres d'hôtel seront interdites aux fumeurs. Fini les joies des odeurs de tabac froid et de vieille nicotine dans le *king size bed* de sa suite. On devra sortir pour fumer. Même par moins dix !

L'on pourrait aussi pousser la perversion de la pensée bienséante un peu plus loin, et rêver que des puritains se mettent à combattre l'idée de la libération sexuelle. A transgresser mai 68. Que mélanger les cheveux blonds et les cheveux gris ne fasse plus bon ménage dans le lit de nos sociétés des futures années vingt. Et que le chanter devienne même un délit. Que l'on arrête et condamne pour viol toutes les stars et les personnalités, tout comme les curetons soupçonnés d'avoir confessé d'un peu trop près nos jeunes enfants. Que même l'Église, au nom de cette morale mormone, conduise à l'échafaud les siens, pour se donner bonne figure ! Quelle mascarade.

Hé les darons, vous pourriez imaginer un monde où simplement le fait de regarder une jolie femme et la siffler du haut de la colline avec un joli bouquet d'églantines soit un délit passible d'être balancé comme un vulgaire porc sur tous les réseaux sociaux ?

Ces chastes pensées sont certes absurdes et on les qualifierait, à juste titre, d'exactions privatives de liberté. Fort heureusement, le monde n'en arrivera jamais à de pareilles déviances, à de semblables interdictions, ridicules et dangereuses pour l'équilibre de la planète.

Jamais l'Homme n'accepterait un retour en arrière. De telles privations de nos libertés ne seraient possibles que dans une narration romanesque, comme celle du monde imaginaire de *1984* décrit par George Orwell.

Pourrait-on penser qu'en l'an deux mille, une poignée de non-fumeurs aurait gain de cause et qu'on ne pourrait plus fumer dans les espaces publics, dans les bars, les boîtes de nuit, voire les restaurants ? Impossible d'oser croire que nous ne connaîtrons plus la joie de respirer la fumée du voisin dans sa propre assiette, dont le subtil parfum de truffe a été, reste et restera toujours, avantageusement amplifié par une Gitane sans filtre. C'est absurde. Même si les temps changent, ce serait comme porter partout des masques chirurgicaux, alors qu'avec la généralisation de l'automobile, l'on s'est déjà bien habitué au *smog* depuis le début des années soixante-dix.

Si l'on se représente aisément des soucoupes volantes et des Martiens avec des antennes, venus nous côtoyer dans les années deux mille vingt, l'on arrive mal à s'imaginer, au XXIe siècle, devoir porter des masques, ne plus se reconnaître, ne pas se rassembler, cesser de s'inviter, de sortir au restaurant, au théâtre ou au cinéma, et ne plus se saluer en se faisant la bise ni oser se serrer la main.

Et pourtant, *Ladies and Gentlemen*, cette deuxième étape, l'imaginaire, est tout aussi importante que la première. Et les relier, le souvenir à l'imagination, et l'imaginaire au souvenir, c'est l'essence même de nos émotions. Qu'elle soit collective ou individuelle, l'imagination nous ouvre en grand les pavillons de l'empire des sens.

A cet instant, 1f675 avait gagné son pari. Et moi, j'avais conquis l'auditoire. Mais pas que. Autour d'une table, au fond de la salle, deux dealers, qui n'avaient pas perdu une miette de mon discours, sont sortis discrètement, profitant du brouhaha général. Ils ont pris place dans leur Cadillac noire aux vitres fumées, et ont roulé vers Belmont.

Ce quartier abrite la mafia et toute la *Little Italy* du Bronx, ancrée dans l'animation de l'avenue Arthur, entre la 187e rue Est et l'avenue Crescent, avec ses boutiques familiales, ses boulangeries et ses épiceries. Entre deux bouchées de *cannoli* et deux gorgées d'*espresso,* nos deux compères siciliens relatent à leur parrain, après lui avoir naturellement baisé la chevalière, le discours populaire tenu par 1m976, et en exposent brièvement les dangers :

– *Tou* comprends, *padrino,* s'il arrive à apprendre *alla gente come* se *procourer* des *emozioni* sans avoir recours à nos *pillole,* c'est la *fine dé* notre *bouzinessè. Capisci* ?

– *Si che capisco. Chiaro che capisco.* Retrouvez-moi ce mec. Et butez-le. Pas de chichi : vous me l'éliminez *subito. Capito* ?

– *Si padrone. Capito.*

***

1f675 m'ouvre un passage parmi la foule d'admirateurs qui cherchent à me toucher, à me serrer la main, à me parler… Nous quittons le *Stan's Sports Bar* en véritables stars. Je marche en m'appuyant sur le maillet de polo de papa comme on prend appui sur une canne. Les flashes crépitent de partout. Ça alors, je n'avais même pas vu la presse débarquer. Les gens sont surprenants. Vous faites un beau discours cohérent, ça les inspire et ils vous traitent en héros. C'est bon d'être sous les feux des projecteurs. Je suis irrésistible. A ma façon de marcher, toutes les filles sont à mes pieds. Je me sens vivant.

Visiblement, 1f675 est aux anges. Je la vois radieuse, et pourtant, la pilule rose aurait dû cesser ses effets il y a belle lurette. Elle n'a même pas lâché la main qu'elle m'a prise pour traverser la salle tout à l'heure.

Nous retrouvons sa voiture garée telle qu'on l'avait laissée, en face du Yankee Stadium. Nous montons chacun de notre côté. La conductrice affiche toujours un large sourire. Et la DeSoto démarre tranquillement.

– Nous allons chez moi.

– *Okay* 1f675. J'ai passé un grand moment.

– Moi aussi, 1m976. Tu nous as tous subjugués et intrigués. Je suis fière d'être à tes côtés.

– Tu vois que ce n'est pas si compliqué de laisser un peu de place à ses émotions ?

– Mais, ce sont les pilules…

– Après plus de deux heures trente ? Tu en es sûre ?

– Euh, je crois que tu as raison. Et c'est drôle, j'éprouve encore l'étrange pincement au cœur de ce matin.

– Moi aussi, 1f675. Mais cela n'a rien d'étrange. Je crois me souvenir que cela se nomme le « sentiment amoureux ».

– En tout cas, c'est génial. Moi j'adore !

– Idem. Sur le même t'aime.

Et 1f675 glisse dans la fente prévue à cet effet

une cassette qu'elle a prise dans sa portière :

« Oui, tu peux le voir rien qu'à ma façon de marcher,
Que je suis un mec à femmes, pas le temps de parler
Musique à fond et gonzesses chaudes,
J'en ai vu de toutes les couleurs
Depuis ma naissance
Et maintenant, tout va bien, c'est bon
Et tu peux faire semblant de ne pas voir
On peut essayer de comprendre
L'effet du New York Times sur l'homme
Que tu sois un frère ou que tu sois une mère
Tu restes vivant, tu restes vivante
Sentir la ville bouger et tout le monde vibrer
Et nous restons vivants, nous restons vivants
Ah, ha, ha, ha, rester vivants, rester vivants
Ah, ha, ha, ha, rester vivants. »
(Discographie : 6.)

https://www.youtube.com/watch?v=I_izvAbhExY

C'est exactement ce que nous ressentons à l'instant : nous restons vivants ! Nous nous sentons investis de pouvoirs surnaturels, grisants : ceux des feux de l'amour. Alors on se met à chanter à tue-tête avec les Bee Gees :

« Ah, ha, ha, ha, stayin' alive, stayin' alive
Ah, ha, ha, ha, stayin' alive. »

Et nous rentrons, des étoiles plein les yeux, dans l'appartement de 1f675. Elle occupe un grand loft de deux cents mètres carrés au nord de Harlem.

Les grilles de l'ascenseur donnent immédiatement accès à une vaste pièce de béton clair, avec deux grandes affiches signées Man Ray, directement collées sur les murs de briques peintes en blanc. Sur un premier monochrome, une femme nue. De dos. Avec au-dessus des hanches deux encoches en forme de *f*. Elles représentent les ouïes sur un corps pâle et ondé. L'épicéa de la caisse de résonance du violon d'Ingres. Sa tête enturbannée, telle une volute au sommet du long cou, est le point d'orgue qui finit cette touche d'érable de Dalmatie. Sur laquelle on a envie de poser ses doigts, comme le ferait un archet.

La seconde photo est un visage de femme, les yeux suppliants tournés vers le ciel, et qui pleurent des larmes de diamants.

Au milieu de la pièce, un canapé-lit. Et en face, contre le mur opposé à la cage d'ascenseur, une cuisine en inox, comme dans les restaurants, avec une grande hotte qui chapeaute tout le piano de cuisson. Et c'est tout.

Décor absolument minimaliste pour cette femme de tête.

Nous nous déshabillons mutuellement au cœur de ce vaste espace. Libre, mon maillet de polo tombe à nos pieds, sur le sol. Et nous plongeons entièrement nus sous l'édredon du sofa blanc.

Man Ray l'a dit : « La photo c'est une page écrite, un tableau, un cri, une chanson, c'est une forme d'expression, mais ce n'est pas un appareil. »

Eh bien, pour le corps humain et pour son

essence orgasmique, l'amour, c'est pareil. Rien ne fonctionne machinalement. Nos gestes qui étaient imprécis et gauches au départ, ont fait petit à petit place à des rituels de plus en plus sophistiqués et avertis. Nos respirations désynchronisées ont fini par se calquer l'une à l'autre. Et sans fausse modestie, nos étreintes amoureuses ont pu ainsi durer toute la nuit.

– *Breakfast. Open your eyes !*

– Oh, 1m976, des *pancakes* et du café. C'est trop chou.

– J'ai fait avec ce que j'ai trouvé dans la cuisine.

– J'adore.

– Tu veux du sucre ou du chocolat sur tes crêpes ?

– Les deux.

– Bouge pas, je vais chercher.

Je me lève les fesses à l'air et sors complètement nu du lit. 1f675 me lance à voix rauque :

– C'est dans le placard du bas, en-dessous du tiroir à couverts.

– *Yes*. J'ai trouvé.

Et je la rejoins au lit, chargé de ces deux victuailles indispensables à son petit bonheur du matin.

1f675 est une élève qui apprend vite. Une moustache de Nutella fait le pourtour de ses lèvres charnues. Que j'embrasse tendrement.

Elle se lève à son tour et prend sur le sol, posé à côté de la platine, le vinyle du label de Neil Bogart, Casablanca Records, en mémoire du film. C'est une étiquette très en vogue sur la Côte Ouest, depuis le succès du groupe Kiss, et dont les bureaux sont érigés sur Sunset Boulevard. Elle pose l'aiguille sur le premier microsillon du disque mythique composé par Giorgio Moroder. Et elle me rejoint au lit en ondulant de son corps et en chantant :

« Ooh c'est si bon, c'est si bon
C'est si bon, c'est si bon
C'est si bon
Ooh j'suis amoureuse, j'suis amoureuse
J'suis amoureuse, j'suis amoureuse
Je suis amoureuse
Ooh j'ressens l'amour, j'ressens l'amour
J'ressens l'amour, j'ressens l'amour
Je ressens l'amour. »
(Discographie : 7.)

https://www.youtube.com/watch?v=Nm-ISatLDG0

J'ai l'impression que mon profil droit s'efface de plus en plus. Qu'il fait de la place au sourire charmeur de mon père. Que mon visage tout entier s'illumine. Que ma peau devient mate. Que le vert filasse de mes cheveux a cédé sa place à une densité de marron, qui recouvre également ma nuque. Je prends de l'aisance et de la maturité. Celle des mecs de plus de vingt ans.

Nous replongeons sous les draps et nous nous embrassons partout avec passion. Je suis au paradis. Pour rien au monde, je ne voudrais que ça s'arrête. Mon Dieu, s'il vous plaît, mettez sur pause. Puis deux secondes de *rewind*. Ok, c'est parfait. Et maintenant, pressez *play* à nouveau. Pause ? On rembobine. Et c'est reparti pour un petit *playback*. Lentement. Image par image. Nous sommes sur un petit nuage.

* * *

Tout-à-coup, l'ascenseur se remet en marche. Et s'arrête devant nous. Dans un vacarme métallique. Deux hommes actionnent la grille qui leur libère le passage.

– C'est pourquoi ?

– 1m976 ?

– Oui, c'est moi. Vous…

Sans attendre la suite, l'un des deux molosses saisit son flingue et me vise sur le lit. C'est un Beretta 92FS. Un pistolet semi-automatique en inox, qui chargé, doit bien peser plus d'un kilo. Il mesure près de vingt-deux centimètres de long. Avec un canon de douze centimètres et demi. Et quinze balles de calibre neuf fois dix-neuf millimètres parabellum. J'ai juste le temps de rouler sur le côté droit qu'un projectile vient s'enfoncer dans le matelas. Pile à l'endroit où je me trouvais. Une détonation. Puis des hurlements. 1f675 crie. Elle est effrayée. Je rampe au sol. Je contourne le divan et me mets hors de portée du tireur fou.

– Sors de là, et nous ne ferons rien à ta copine.

Je reste couché, planqué derrière le canapé-lit. De la main gauche, j'arrache les fils sous le sofa. Ils commandent l'éclairage de la pièce. Le loft plonge dans une obscurité totale. Ma main droite réussit à saisir le maillet de polo qui avait roulé sous le canapé. Profitant de l'effet de surprise, je surgis derrière le lit et défonce la tête du malfrat. Ce con me tournait le dos en fixant la nudité de 1f675. Il s'effondre en pissant du sang qui jaillit de son crâne, comme un geyser de ketchup, à la Tarantino. Le Beretta tombe sur le béton ciré. Il rebondit et glisse pour finir sa course juste à mes pieds. Je me baisse et le saisis. Je me retourne et prends soin de viser son comparse. J'amorce une balle dans le canon. Il m'en reste treize autres dans le chargeur. Je m'en fous d'être nu devant notre agresseur. Je lui hurle :

– Maintenant, on va gentiment reprendre l'ascenseur, et se casser d'ici sans se retourner. Comme çaaaa. C'est bien. Allez, casse-toi. Si j'te revois, j'te bute. Sans sommation, ducon.

Il s'enfuit en courant vers l'ascenseur, poursuivi par mon viseur. Je l'ai en point de mire jusqu'à ce que la cage soit à nouveau vide derrière la grille. Que je prends soin de fermer à clefs.

– Mon Dieu, comme j'ai eu peur.

– Je ne suis pas encore rassuré, 1f675. Il va sans doute revenir. Et avec des renforts. Je vais tenter d'identifier son compère. Va chercher de quoi nettoyer cette marre de sang. Pendant ce temps, je regarde ses papiers. Tiens, un certain 1m698, né Luigi De Napoli. Ça te dit quelque chose ?

– Oui. J'ai déjà entendu ce nom. C'est pas un des dealers ? Ils viennent pratiquement tous de Belmont.

– En tout cas, habillons-nous vite. Et partons à

la recherche de ses amis. Prendre de l'avance, c'est la meilleure façon d'éviter de se faire attraper.

Nous sommes à nouveau paralysés par le bruit de l'ascenseur qui remonte. Mais cette fois-ci, il ne s'arrête pas à notre étage. Il continue sa course.

Pendant que 1f675 enfile ses bas couleur chair, qu'elle ajuste sur le porte-jarretelles assorti à son string aubergine, je me glisse dans mon *jean* en velours côtelé marron et moulant, qui finit en pattes d'éléphant. Je boutonne ma chemise en polyester au motif floral psychédélique, violet et orange, très cintrée, et j'ajuste son grand col. Et puis je lace finalement mes chaussures dorées, aux semelles compensées.

1f675 a zippé une nouvelle combinaison, toute argentée comme celle d'Aphélie. Elle ne porte pas de soutien-gorge et a délibérément laissé le fermoir à mi-chemin, découvrant ainsi partiellement les courbes de son buste.

J'agrippe par les chevilles le corps inerte de mon assaillant, et le tire sur le sol jusqu'à la grille de l'ascenseur. Je lâche les jambes qui tombent comme deux masses sur le béton froid. Je donne un tour de clef pour ouvrir le cadenas. Ensuite, je tire la lourde grille qui gémit en coulissant. Et maintenant, je pousse en donnant de grands coups de pied, le corps rigide du dealer sicilien. Qui roule et plonge dans le vide de la cage d'ascenseur. Long silence. Puis on entend un gros *pouf* mal assourdi. Le corps a dû percuter le sol et s'écraser tout en bas de l'immeuble.

Pendant ce temps, 1f675 a pris un seau d'eau et du savon liquide pour le sol, une éponge, un balai à franges et une raclette. Elle s'exécute et éponge tout le sang répandu un peu partout sur le béton. Je m'agenouille à ses côtés et l'aide à nettoyer les traces qui nous conduisent devant la grille.

Elle relève la tête :

– Bien, on peut y aller. J'appelle l'ascenseur.

– Attends 1f675. Cache-toi sur la droite. Je vise la cage. Mieux vaut être prudents.

– OK.

Et l'ascenseur descend de trois étages. Il arrive à notre palier. Vide, fort heureusement. Je glisse le Beretta sous la ceinture de mon *jean*. Et nous montons à son bord. 1f675 appuie sur *Ground Zero*.

La cage se met en branle dans un crissement trahissant la vétusté des câbles.

Arrivés en bas, personne. Le hall est vide. Nous sortons, en prenant garde de jeter un coup d'œil d'abord à gauche, puis à droite. Geste plutôt préservateur. Normal, nous sommes aux États-Unis d'Amérique. Dans la rue, la voie est libre. Nous rejoignons la DeSoto noire à la conduite intérieure blanche. Chacun s'installe de son côté. Et 1f675 met le contact.

C'est alors que le silence de la rue est déchiré par un crissement de pneus. Une Buick et une Cadillac aux vitres teintées foncent sur nous. Nous avons juste le temps de sortir de notre place de parking et d'éviter l'impact.

Notre bolide file à toute allure. 1f675 essaie d'échapper à nos poursuivants. Elle braque un coup sur la gauche. Deux coups sur la droite. C'est son instinct conservateur. Elle freine. Accélère à fond. Re-freine. Et notre voiture remonte ainsi vers Riverdale. Tout va très vite. Mon corps est secoué dans l'habitacle. Comme mes pensées qui se bousculent. C'est forcément à moi qu'ils en veulent. Sinon, tout à l'heure dans l'appartement, ils auraient tiré sur 1f675. C'est sûrement parce qu'avec le retour progressif des émotions chez l'humain, je détruis leur business. Je fais assurément courir un danger à 1f675 en restant auprès d'elle.

La DeSoto s'engouffre dans la rue qui remonte chez moi.

– Freine, 1f675. Mais freine !

Elle s'exécute. C'est alors que j'ouvre la portière et saute hors de la voiture. Je cours à toute vitesse maintenant. Sans me retourner. Face à moi, une lueur m'attire, comme si elle cherchait à m'aspirer. La porte d'entrée de mon immeuble est grande ouverte. Elle donne sur le couloir gris à la lumière verdâtre. Dans la pièce, l'homme qui avait demandé qu'on me mesure afin de m'identifier, m'interpelle :

– 1m976 ? Nous vous attendions.

– Pas le temps !

– Mais arrêtez-vous. Vous devez signer le registre de sortie.

Je lui passe devant et le bouscule. Impossible de lui expliquer. Son assistante tente de fermer la porte. Mais trop tard. Je m'engouffre à travers l'orifice resté entrouvert. Et me dirige vers l'ascenseur. J'y plonge sous les coups de feu nourris de mes poursuivants. Les deux portes coulissantes de la cabine se referment. Les balles ont réussi à les perforer. Le néon du plafonnier de l'ascenseur s'éteint. Puis se rallume. Pour exploser juste après l'impact d'un projectile de 9 millimètres. La cabine vibre et se met en marche. Toute seule. Je reste assis par terre. Recroquevillé. Le Beretta pointé vers les portes de l'ascenseur. Qui monte lentement, me semble-t-il. Dans le noir de la cabine, petit à petit, je récupère mon souffle. Mais je reste sur mes gardes. À tout moment, les portes peuvent se rouvrir. Et je devrai faire face aux coups de feu de mes poursuivants. J'ai une balle dans le canon du M9. Et treize autres dans le chargeur. 1f675 semble être tirée d'affaire puisqu'elle n'a plus été suivie. Tous les mafieux sont à mes trousses. Je les entends qui montent les escaliers à ma poursuite. Ils doivent regarder la diode qui affiche l'étage où je me trouve. Donc, je me mets à appuyer sur tous les boutons. Et l'ascenseur monte et puis descend à sa guise. Ça fait maintenant dix bonnes minutes. De quoi fatiguer mes assaillants. Que j'imagine essoufflés, à force de monter et puis dévaler la cage d'escalier. Cela me permet d'avoir une longueur d'avance sur eux. D'inverser le rapport de force. Je m'arrêterai à l'endroit et au moment voulu. Choisi par moi. Ils seront dans mon viseur. Je deviendrai le chasseur. Et je serai frais comme un gardon !

Le temps passe à une allure phénoménale. J'ai la sensation de grandir. De m'élever. À la manière d'un ascenseur. De prendre confiance en moi. Et si je me libérais d'un poids ? Je me sens de plus en plus fort. Mon intelligence, un pragmatisme et un calme que je ne me connaissais pas auparavant, me servent depuis le début de ce voyage vers le monde extérieur, dans cet espace inconnu et à travers le temps. Je me sens vraiment charismatique. Je m'affranchis de l'avis de maman. Et de la vie de ma mère. C'est comme si le côté droit de mon visage avait complètement disparu. J'ai les yeux bleus et le large sourire de papa.

Le revers de la médaille, c'est que si je prends de la maturité, de l'expérience et de la sagesse, j'ai aussi la sensation de prendre de l'âge. De vieillir. J'ai l'impression d'avoir seize ans de plus. Le double de mon âge. Oui, plus de trente balais. Je ne sais pas si je dois m'en réjouir ou m'en inquiéter.

m

TÉLÉRÉALITÉ

Je m'arrête pile à l'entresol. C'est là que j'ai décidé de sortir. Les portes coulissantes, perforées par dix impacts d'obus de neuf millimètres, s'ouvrent prudemment. La cabine s'emplit progressivement de la lumière verte du couloir. En bon Américain, je regarde à gauche. Puis à droite. La voie est libre. En face, une porte est ouverte. La lumière est forte. On dirait des projecteurs. Serait-ce la police ? 1f675 les aurait-elle avertis ? Sur mes gardes, le Beretta pointé devant moi, je pénètre à petits pas dans la pièce.

Et là, c'est la stupéfaction. Je suis sur un plateau de télé. Tout le monde s'affaire autour de moi. Une femme me prend par l'épaule et me conduit devant un miroir avec des ampoules blanches et rondes tout autour du reflet de mon visage. Elle m'invite à m'asseoir face à la commode et à la glace qui me dévisage. Elle m'envisage et commence à me poudrer la face. Dont la dualité a totalement disparu. La beauté de mon profil gauche a complètement absorbé la laideur du droit. Juste un peu de cheveux gris sur mes tempes auparavant brunes. Et un cuir chevelu légèrement poivre et sel. Comme si on m'avait collé des paillettes argentées par endroits. J'ai l'impression d'être une starlette. Un coq en pâte. Emplâtré de coke. Normal, avec toute cette poudre blanche qu'elle étale sur mes joues. La maquilleuse sent bon le patchouli. Peut-être trop.

Tout le monde est aimable et gentil avec moi.

Sur le plateau, je suis l'objet de chaque attention.

Je glisse le Beretta dans ma ceinture. Je pense que je n'en aurai plus besoin.

– Ted, voulez-vous du thé ? Ou un verre de Coca ?

– Un Coca, volontiers. J'ai très soif.

– Daisy, voulez-vous apporter un verre à Teddy, je vous prie ?

– Pourquoi m'appelez-vous ainsi ?

– Teddy ?

– Oui. Ou Ted ?

– Et comment faudrait-il vous appeler, mon chou ?

– J'sais pas moi. 1m976 ?

– Trop drôle Teddy. Alors Daisy, ça vient ce Coca ? On meurt sous les projecteurs, ici.

– Voilà voilà. Pas de quoi s'affoler. Oh zut, Ted. Ton rimmel a encore coulé.

Je suis assis sur une chaise pliable. En toile noire. Et sur le dosseret, mon nom est écrit en cinq majuscules, cinq grandes lettres blanches :

« TEDDY ».

Au loin, la musique synthétique de Cerrone entonne une multitude de sons étranges qui font peur et qui ont inspiré Michael Jackson pour son *Thriller* :

« Il était une fois
La science qui a ouvert la porte
Pour nourrir les champs affamés
Jusqu'à ce qu'ils ne puissent plus manger
Mais la potion ainsi concoctée

A touché les créatures d'en bas
Et elles se sont développées d'une manière
Que nous n'avions encore jamais vue auparavant
Surnaturelle, surnaturelle, surnaturelle…
Elles étaient en colère contre l'homme
Parce qu'il a changé leur mode de vie
Et elles prennent leur douce vengeance
En piétinant tout dans la nuit
Sur une distance de cent miles ou plus
On pouvait entendre les gens pleurer
Mais il n'y a rien que vous puissiez faire
Même Dieu est de leur côté
Surnaturel, surnaturel, surnaturel… »
(Discographie : 8.)

https://www.youtube.com/watch?v=QgGK4qBTwpw

C'est la musique du générique de l'émission de téléréalité du *Tonight Show* « La Chasse à l'Homme », dont j'ignorais jusqu'à l'existence et le fait que j'en sois l'acteur principal.

Un régisseur s'approche de nous avec un clap, ce petit tableau noir sur lequel est numérotée chaque prise de séquence, et muni d'un claquoir signalant le début du tournage d'un plan. Il l'agite et le fait claquer.

Sur le marquoir, l'on peut lire « *NBC – Tonight Show : The Manhunt #48 – take 1 – sequence 1.* »

– Silence. Caméra. Moteur. On tourne.

– Euh, qu'est-ce que je suis censé faire ?

Le présentateur s'approche de moi avec son micro et lance :

– Chers téléspectateurs, chères téléspectatrices, bienvenue à ce quarante-huitième épisode de « La Chasse à l'Homme ». Devant moi, nous avons la chance de découvrir l'heureux candidat de ce jour. J'ai nommé le grand, l'original, le surnaturel Teddy. Allez, on l'applaudit bien fort. Teddy, une créature venue d'en bas. Du premier étage. Ted, le surnaturel !

– C'est gentil, mais je ne sais toujours pas ce que je dois faire.

– Je vous rappelle les règles, Mesdames, Messieurs. Les limites du studio définissent l'arène. Ce qui fait que les gradins font partie intégrante de l'espace de jeu. Tout le monde invité sur le plateau, doit jouer. Et tous les coups sont permis. Vous pouvez utiliser les armes de votre choix. Coup de poing américain, couteau à cran d'arrêt, épée, sabre, machette, revolver, semi-automatique, fusil, mitraillette, grenade, bazooka, lance-roquettes… Mais une seule arme est attribuée à une seule personne. C'est une question de principe. L'Homme chassé, la créature d'en bas, en l'occurrence Teddy, doit essayer de survivre. A tout prix. Et pour y parvenir, il doit éliminer autant d'adversaires que possible. Chacun d'entre nous étant son adversaire. Car tous les joueurs ici présents, y compris vous, cher public adoré, devez chasser Ted. Le vainqueur sera celui qui arrivera finalement à dégommer l'Homme chassé. Ou la créature d'en bas elle-même, si elle parvient à survivre. Le montant de la cagnotte s'élève actuellement à cent vingt millions de dollars. Qui va l'emporter ? Suspense…

Attention. Un peu de concentration je vous prie. Cinq, quatre, trois, deux, un, zéro. Feu ! C'est parti. Mesdames et Messieurs, je déclare la quarante-huitième chasse à l'Homme officiellement ouverte. Je vous rappelle que la précédente a été hallucinante. Elle a duré plus de soixante-douze heures. Que d'adrénaline. Que de sang. Le spectacle fut incroyable. Tout simplement magnifique. Sensationnel. L'on devine le cœur de Ted battre à du trois cents à l'heure. Caméra 1. Mesdames et Messieurs, il est parti en courant vers la sortie de secours. Et il court maintenant dans la rue, en plein Bronx. Notre Teddy va-t-il survivre plus de trois jours et trois nuits ? Va-t-il battre le nouveau record ?

La caméra 9 chargée à bord de l'hélicoptère ne perd pas une seconde de sa fuite. C'est incroyable, Mesdames et Messieurs, il vient de bousculer une vieille dame qui tentait de le découper avec sa canne tranchante. La dame s'effondre sur le trottoir. Teddy s'arrête. Il se retourne et revient sur ses pas. Il va la massacrer. Mais c'est impensable, Mesdames et Messieurs, il l'aide à se relever ! Caméra 7. Plus de peur que de mal. L'octogénaire se redresse et va bien. Teddy lui glisse un mot à l'oreille. Zoom avant pour la caméra 6.

– *« Vous ressemblez à maman. »*

– Teddy est coursé maintenant par une bande de quatre jeunes gens, très athlétiques. Ils ont choisi des fusils mitrailleurs M16 de la dernière génération. Ceux utilisés par nos Marines au Viêt Nam et par les soldats de l'US Air Force. Quelle sonorité. Quelle puissance de tir. La nouvelle munition développée pour le M16 permet aux soldats d'emporter plus de cartouches en opération. Et de bénéficier d'une arme polyvalente présentant une portée, une précision et une puissance aussi adéquates que celles de nos ennemis russes et de leur AK-47. Pas étonnant que cette munition de cinq virgule cinquante-six millimètres soit devenue le standard de l'OTAN.

Les tirs croisés des poursuivants sont largement nourris et ne devraient laisser aucune chance au fugitif. Un mur de poussière se dresse devant nous. Retour sur la caméra 1. Je distingue une ombre qui gesticule sur le sol. Mesdames et Messieurs, c'est surprenant. Le fugitif, qui s'était mis à ramper pour échapper à l'assaut, se relève maintenant que les chargeurs des assaillants sont vides. Va-t-il les tirer comme des lapins ? Les descendre un à un, en pointant sur eux son Beretta ? Caméra 9 – vue aérienne s'il vous plaît.

Eh bien non, il fait demi-tour et poursuit sa course. C'est du jamais vu, chers téléspectateurs. La créature d'en bas sprinte le long de la River Avenue, en direction du Yankee Stadium.

Amassés dans les gradins, de part et d'autre de l'avenue, les spectateurs lui jettent toutes sortes de projectiles : des bouteilles, des briques et même des barres de fer. Une bouteille ébréchée vient de le percuter. Il saigne derrière l'oreille. Il lance un regard en direction de la tribune d'où est parti l'objet tranchant. Caméra 7 en gros plan. Ouh la la, je n'aimerais pas être à la place du spectateur. Vous avez vu le regard méchant qu'il lui lance. Il pointe son Beretta dans sa direction. Vent de panique dans les gradins. Teddy articule quelque chose…

– « *Pouf. Je pourrais te buter, ducon.* »

– Chers téléspectateurs, quel silence ! On entendrait une mouche voler. Teddy va-t-il tirer ? Oh non, il se retourne et repart en courant. Sous les sifflets du public qui réclame du sang. Voilà une demi-heure que le jeu est lancé, et à part cette égratignure sur le crâne chevelu, pas une goutte de sang. L'audimat baisse. Ce n'est pas possible. Il va falloir intensifier le jeu. Mesdames et Messieurs, je vous rappelle que ce n'est pas l'heure de l'émission pour enfants. Qui m'a foutu une chique molle pareille ? Qui a choisi ce Teddy ? On dirait *Teddy Bear*, le nounours en peluche des petits. Allez Ted, on veut de l'action. On veut des morts. C'est pour cela qu'on vous paie ! Caméra 6 ? Ça y est, je le vois. Il est coursé par une voiture. Une Ford Mustang. La fenêtre côté passager s'ouvre. Oh oui, Mesdames et Messieurs, on aperçoit très clairement un bazooka qui sort maintenant presque entièrement de la fenêtre. La voiture ralentit. Le tireur ajuste sa cible. *Woooof*. Magnifique. L'obus est propulsé hors du tube à grande vitesse. Il est catapulté à plus de deux mille mètres par seconde ! Il ne va rien rester de notre fugitif. Quelle explosion ! Splendide, chers téléspectateurs. Le bâtiment à l'angle de la rue a été pulvérisé. Tout brûle sur une surface d'un rayon de cinquante mètres. Retour à la caméra 1. Nous cherchons la trace du fugitif. Ou de ce qu'il en reste. Pour le moment, je ne vois rien. Il faudrait zoomer sur les cendres. Ou prendre de la hauteur. Caméra 9, l'hélicoptère je vous prie. Ça y est, on discerne une masse étendue sur le sol. Là, à gauche. Oh, elle bouge, Mesdames et Messieurs. *Unbelievable* !

Surnaturel : Teddy se relève. Il semble ne pas avoir été touché. Un miracle. Cet ours en peluche est un rescapé miraculé. Mes chères téléspectatrices, très chers téléspectateurs, en quarante-huit tournages, je n'ai jamais vu cela. Ted repart en courant. Il pénètre dans le stade. Il est sur la piste circulaire maintenant. En haut des gradins, un *sniper* pointe son fusil de précision sur lui. C'est un M40. Le fusil de précision de l'*US Marine Corps*, un dérivé du Remington 700, utilisé depuis la guerre du *Viêt Nam* jusqu'à nos jours. Caméra 7. Gros plan sur l'arme, je vous prie. Euh, plus exactement, il s'agit d'un M40A1. À l'opposé du M40 à crosse en bois, le M40A1 possède une crosse en fibre de verre. Ça y est. On entend clairement la détonation dans le stade vide. Mais la balle vient mourir sur le piquet juste à droite du fugitif. Qui à son tour, pointe son Beretta en direction des gradins. Il tire. Une balle. Deux balles. Trois. Quatre. Cinq. Et l'écriteau « *Visitors* » tombe sur le sniper embusqué. C'est édifiant, Mesdames et Messieurs, Ted refuse systématiquement le combat. Il se remet à courir et sort du stade. Caméra 6. Il arrête maintenant une voiture, en menaçant sa conductrice de son Beretta. La créature d'en bas s'installe au volant de la *Dodge Charger* rouge. Caméra 1. Dans l'habitacle s'il vous plaît. Gros plan sur le fugitif. Merci. Il met le contact. Sa main droite lâche le volant et tourne dans le sens des aiguilles d'une montre le gros bouton noir de l'autoradio. Mesdames et Messieurs, vous entendez clairement, tout comme moi, il chante et gesticule sur la danse de Chic.

– « *Yowsah, yowsah, yowsah.* »

– Je crois qu'il se moque de nous. Regardez ses

pieds, à côté de l'embrayage et de l'accélérateur, ils bougent au rythme du disco. Ted se regarde dans le rétroviseur et ajuste son grand col. Ce mec est fou. Il est poursuivi par une meute de tueurs. Et tout ce qu'il trouve à faire, c'est chanter et danser. Dans une voiture volée, immobile derrière un feu qui passe du vert à l'orange et puis au rouge. Sans discontinuer. Oh, c'est pas une boule à facettes, Teddy. On démarre là !

« Danse, danse, danse, danse
Continue de danser
Danse, danse, danse, danse
Nous dansons sur le rythme, sens la chaleur
Je bouge mes pieds
Dirigés vers le sol, je vais descendre
Descendre encore un peu
Rumba et tango
L'agitation latine aussi
Yowsah, yowsah, yowsah
Je veux me trémousser avec toi
Bop bop bop bop bop bow
Bop bop bop bop bop bow. »
(Discographie : 9.)

https://www.youtube.com/watch?v=OTCv4xJ6mRo

Il y a des tueurs sur ma route. Leurs cerveaux ont convulsé. C'est comme dans la chanson de Jim Morrison. Je me regarde une nouvelle fois dans le rétroviseur. Plaque mes cheveux gominés vers l'arrière. Je mâchouille un *chewing-gum* que j'ai trouvé dans la boîte à gants de la *Dodge* de cette gonze que j'ai effrayée tout à l'heure. J'entends au loin des crissements de pneus. Sans doute mes poursuivants. Je crois qu'il est temps que je démarre.

– Caméra 9. Vue d'hélico. Ça y est, la voiture rouge se met à rouler. Derrière elle, deux *Chevrolet* marron foncé accélèrent. C'est la couleur fétiche de General Motors pour la voiture du citoyen américain moyen. Oh, regardez. La *Dodge Charger* semble faire demi-tour. Mais oui. C'est à peine croyable. Ce Teddy est un véritable *boogie man.* Imprévisible ! Sa voiture part en sens inverse. Mesdames et Messieurs, elle fonce tout droit sur les deux *Chevrolet Impala*. Leurs V8 la mettent en veilleuse tandis que la *Dodge* se faufile entre les deux berlines. Elle les percute comme une boule en caoutchouc, non, comme une boule de bowling passant de force entre deux quilles. Et elle les griffe tout le long de leurs ailes, sur plus de 5 mètres. Des ailes dessinées par Ed Cole, très cher public. Bon sang, les chauffeurs perdent le contrôle des deux véhicules. Les *Chevrolet* dévient dans le fossé creusé à même les trottoirs, chacune de part et d'autre de l'avenue. Et la *Dodge* rouge continue sa route… Mes chers téléspectateurs, quand va-t-on enfin voir du grand spectacle ? Pourquoi ce Teddy refuse-t-il *obstinément* à ouvrir le feu sur ses adversaires, pourtant déstabilisés et à sa merci ? Ce n'est pas le contrat, Monsieur le fugitif. Vous devez tuer pour gagner. Mettre hors course vos poursuivants n'est pas suffisant. Si vous voulez les cent vingt millions, il va falloir faire couler du sang. Bon Dieu, la voiture s'est arrêtée. Et la portière est grande ouverte. Où est-il ? Je ne le vois plus. Caméra 7. Travelling arrière s'il vous plaît. Merci. Quelqu'un arrive-t-il à voir notre créature d'en bas ? Ouh ouh ouh, Ted, où êtes-vous ? Où vous cachez-vous ? Caméra 6, plongez sous la voiture, je vous prie. Non, rien ici non plus… Il va falloir faire quelque chose. Appelez la sécurité. Caméra 1 ? La 9, l'hélico ! Caméra 7 ? La 6 ? Sécurité ? Gardes ? Sécurité, vous me recevez ? Un, deux. Un. Deux. Un deux.

– Oui, Monsieur Jay Leno, on vous reçoit cinq sur cinq.

– Bien. On a un sérieux problème sur le plateau. Nous avons perdu notre invité star, un fugitif, le dénommé Teddy. Pouvez-vous envoyer une équipe pour le retrouver illico ? C'est une urgence. Nous sommes en direct.

– Entendu Monsieur Leno.

– Bien. Et en attendant, chers téléspectateurs, une courte page de publicité. Ne nous quittez pas. Vous êtes sur NBC, et c'est le *Tonight Show. The Manhunt*. Quarante-huitième épisode. Jay Leno en direct. A vous les studios.

Les synthés caractéristiques de la BO et les images du film de George Lucas résonnent. Et une voix *off* vante les vertus d'un produit dérivé :

« La Guerre des Etoiles. Vous et vos enfants l'ont

adorée. Voici la bataille de laser électronique de la Guerre des Etoiles. Un jeu de vitesse, réflexe et réaction. »

A nouveau l'orchestration de John Williams explose les enceintes et un speaker enchaîne juste après cet interlude :

– Et maintenant, un peu de musique en attendant que Jay Leno et son *Tonight Show* reprennent l'antenne. Nous avons l'immense plaisir d'accueillir un groupe mythique. En direct depuis la *Rainbow Room* des studios flambant neufs de la *National Broadcasting Company,* dans notre bel immeuble de béton, le *RCA Building*[2], en plein cœur de New York. Mesdames et Messieurs, j'ai nommé KC and The Sunshine Band :

« Un, deux, trois
Je suis ton boogie man, c'est ce que je suis
Je suis ici pour faire tout ce que je peux
Que ce soit tôt le matin, en fin d'après-midi
Ou à minuit, il n'est jamais trop tôt
Vouloir te plaire, vouloir te garder
Vouloir tout faire, tout pour toi
Je veux être à toi, être ta balle en caoutchouc
Je veux être celui que tu aimes par-dessus tout,
oh ouaip
Je suis ton boogie man, je suis ton boogie man
Allume-moi
Je suis ton boogie man, je suis ton boogie man
Je fais ce que tu veux de moi
Je suis ton boogie man, je suis ton boogie man

[2] Appelé de nos jours le Comcast Building, mais initialement nommé RCA Building, lors de son inauguration en 1933. Puis GE Building, de 1988 à 2015.

Allume-moi
Je suis ton boogie man, je suis ton boogie man
Je fais ce que tu veux de moi. »
(Discographie : 10.)

https://www.youtube.com/watch?v=_Ee3C2m3OXE

– Mister Leno, vous m'entendez ? Mister Leno, est-ce que vous me recevez ? Ici la Sécurité. Est-ce qu'on m'entend ?

– Oui Monsieur l'agent. On vous entend.

– Bien. Nous avons retrouvé le fugitif. Je répète. Nous avons retrouvé le fugitif. Over.

– Parfait. Où est ce gros con de *boogie man* ?

– Il se dirige vers Riverdale. Je répète : il se dirige vers Riverdale.

– Suivez-le. Ne le perdez pas de vue.

– Il remonte sa rue. Il cherche à rentrer chez lui.

– Il ne peut en aucun cas rentrer chez lui. Vous m'avez compris ? En aucun cas.

– Monsieur Leno, j'ai un visuel. Je l'ai en point de mire. Je répète, je l'ai en point de mire. Il va s'échapper. Je demande la permission de tirer. Je répète. Je demande la permission de faire feu. Vous me recevez ? Over.

– Je vous reçois cinq sur cinq. Permission accordée. Je répète, permission accordée.

* * *

– Teddy, on ne bouge plus. Stop. Arrêtez ou je tire.

Bang !

* * *

– Agent, quelle est la situation ? Vous l'avez eu ?

– Affirmatif. Affirmatif. Je confirme l'avoir touché dans le dos, à l'épaule ou au bras, alors qu'il plongeait dans l'ascenseur. Les portes se sont refermées. Je ne peux pas vous dire s'il est vivant ou s'il est mort. Vous m'entendez ? Monsieur Leno, est-ce que vous m'entendez ? Over.

– Oui, agent. Bien reçu. Je vous charge d'aller vérifier sur place. Et de finir le travail en cas de besoin. Nous ne pouvons pas courir le moindre risque et perdre bêtement cent vingt millions de dollars. Appelez-moi quand vous l'aurez identifié. Et sans vie. Ensuite, nous reprendrons l'antenne. Les téléspectateurs auront besoin de le voir mort.

– Ok. Message reçu cinq sur cinq. Je déploie mes équipiers. Over.

– Encore une chose, Agent.

– C'est le Sergent Cole à l'appareil. C'est moi qui dirige les opérations.

– Bien Sergent. Encore une chose : quand vous l'aurez retrouvé mort, ou que vous l'aurez enfin descendu, il faudra le transporter et le remettre dans la rue, dans l'aire autorisée de jeux. Et vous devrez attendre l'arrivée d'une équipe de poursuivants. Leur donner l'arme du crime. Et disparaître du champ de vision des caméras. Une fois tout en place, vous me ferez signe et nous reprendrons l'antenne. Est-ce bien compris, Sergent Cole ?

– Oui Monsieur Leno. Message capté. Sept sur sept. Tout est clair. Nous allons exécuter vos ordres.

– Parfait Sergent. Bonne chasse ! Over.

– Over.

* * *

– Jim, Jack ? Venez avec moi. On monte par la cage d'escaliers. L'ascenseur est en train de s'élever. Prenez vos M16. Nous en aurons besoin. Allez, suivez-moi.

– *Yes Sir*.

– A vos ordres sergent. Jim et moi, on vous suit.

– Bill, Joe et Fred : vous restez en faction devant la cage de l'ascenseur. Vous m'indiquerez par talkie-walkie l'étage où le fugitif s'arrête. OK ?

– Oui sergent !

– Parfait. Tout le monde sur la fréquence trois. Exécution. On ne va lui laisser aucune chance.

* * *

Pendant ce temps, dans l'ascenseur, je perds beaucoup de sang. J'ai été touché en-dessous de l'épaule, au bras gauche. Mais je ne vois pas de balle. Juste une sale blessure. Apparemment, elle a continué sa course. Je défais mes lacets de la main droite, les enlève de la chaussure gauche et les passe au-dessus de la plaie. J'enroule tout le triceps. Je serre fort et fais un nœud en m'aidant de la bouche pour créer une tension. Le garrot improvisé avec ce petit bout de corde produit immédiatement l'effet escompté. Le sang s'arrête de couler, net.

Il me reste neuf balles dans le chargeur. Je pense qu'il serait utile que je rentre chez moi, pour me soigner, nettoyer et désinfecter la plaie.

J'attends que l'ascenseur finisse sa course tout en haut de l'immeuble. Il va s'arrêter au treizième étage. Si je sors et que j'ouvre la porte de secours, celle qui donne accès au toit, et puis, si je rentre à nouveau dans l'ascenseur, que je grimpe en m'appuyant sur les parois jusqu'au plafond, et que j'attends quelques minutes là, caché en hauteur, dans l'obscurité, collé au luminaire complètement explosé, le temps que mes poursuivants atteignent ce dernier étage, ils verront la cabine ouverte et vide. Avec des traces de sang qui vont de la cage de l'ascenseur vers la porte de secours et la terrasse. Ils sortiront sur les toits. La voie sera libre et je pourrai ensuite redescendre tranquillement jusqu'au neuvième étage, sans éveiller leurs soupçons. Et rentrer chez moi. Me barricader. Ça me paraît être un bon plan, ça.

– Sergent Cole, vous me recevez ? Sergent Cole ? Over.

– Oui Bill. Je vous entends. Over.

– L'ascenseur s'est immobilisé au dernier étage.

– Nous venons de franchir le palier de l'entresol. Cela nous fait encore treize étages à grimper.

– Oui. Attention ! Il va sûrement chercher à s'échapper par les toits.

– Vous avez raison Bill. Jim, Jack, allez, on accélère la cadence !

L'ascenseur s'est arrêté. De la bouche, je desserre légèrement le garrot, de sorte à faire couler un peu de sang sur le sol. Et je marche jusqu'à la porte de secours. Je l'ouvre et la laisse dans cette position. Je vérifie qu'il y ait suffisamment de sang sur le béton pour donner le change. L'illusion est parfaite. A nouveau, en m'aidant de la bouche et de la main droite, je resserre le garrot. Et reviens en sens inverse vers l'ascenseur resté ouvert. Tout en prenant garde de ne pas marcher sur les coulées de sang qui maculent les traces de pas dans l'autre sens. Arrivé dans la cabine, je prends appui sur la paroi de droite en poussant avec les jambes, et en même temps, avec le bas du dos contre l'autre côté. Je monte ainsi en position de crabe, comme les alpinistes le font lors de l'ascension d'une voie en forme de cheminée, en m'aidant des épaules, des fesses et du dos dans un sens, puis des jambes et des pieds sur l'autre paroi. J'arrive ainsi à me coller au plafond, dont le néon a été explosé tout à l'heure, lors de la première fusillade. Ce qui m'arrange car la cabine est ainsi plongée dans une semi-obscurité. Le noir total en haut. Et une lumière verte dans la partie basse, éclairée indirectement par le couloir à travers les portes coulissantes restées en position ouverte, en attendant que quelqu'un appelle l'ascenseur.

– Bill, vous m'entendez ?
– Oui Sergent. Je vous reçois.
– L'ascenseur est-il toujours au treizième étage ?
– Affirmatif.
– Bien. Allez les gars, encore deux étages et on y

est. Soyez sur vos gardes. La créature d'en bas pourrait être planquée et nous tirer dessus. Jack, vous passez en premier. Jim et moi, on vous couvre.

– A vos ordres, sergent.

– Bill, un nouveau point ?

– L'élévateur reste immobile, sergent.

– Jack, vous êtes arrivés ?

– Affirmatif sergent ! Les portes de l'ascenseur sont grandes ouvertes. Le fugitif est sorti sur les toits. La voie est libre. Je répète, la voie est libre.

– OK. Jim, on fonce.

– *Yes Sir.*

D'où je suis caché, je peux voir les trois hommes se diriger vers la porte de secours. Mon plan est réglé comme du papier à musique. Tout se déroule comme prévu. Ils suivent les traces de sang et de pieds sur le sol en béton gris. Ils sortent sur les toits à l'instant. Je me laisse glisser lentement vers le bas de la cabine. J'appuie maintenant sur le bouton « neuf ». Les portes de l'ascenseur se referment doucement. Et la cabine entame sa descente.

– Sergent ? Est-ce que vous me recevez ?

– Oui, je vous capte Bill. Parlez moins fort, s'il vous plaît. Chuchotez comme moi si vous le pouvez. On course le fugitif sur la toiture. Et je ne voudrais pas signaler notre position par le son de nos voix. Over.

– C'est pour vous avertir que la cabine s'est remise en route. Elle descend.

– Et alors ? N'importe qui a pu l'appeler. Il n'y

avait personne dedans, au dernier étage. Les portes étaient grandes ouvertes sur l'élévateur vide.

– Peut-être. Mais comme vous m'aviez demandé de vous signaler chaque mouvement…

– Et vous avez bien fait, Bill. Vérifiez où il s'arrête. Et envoyez une équipe en repérage là-bas. On n'est jamais trop prudent.

– Bien reçu chef. J'envoie Joe et Fred. Et moi je reste ici, au rez-de-chaussée. Over.

– OK Bill. Tenez-moi informé de la situation. Over.

La cabine arrive au neuvième étage. J'ai appuyé sur le « G » pour qu'elle continue sa course une fois que je serai sorti.

– Allo, Sergent, est-ce que vous m'entendez ?

– Oui, je vous entends, Bill. Quelles nouvelles ?

– L'ascenseur s'est arrêté au neuvième étage, mais a poursuivi ensuite sa descente. Il semble se diriger vers le rez-de-chaussée, vers la sortie.

– Bien. Restez là et demandez à vos équipiers de monter jusqu'au neuvième. Le fugitif y a son appartement. On ne sait jamais… Et si c'est lui, vous le butez. C'est compris ? Over.

– A vos ordres, sergent. Over (…) Joe, Fred, me recevez-vous ? Allo ?

– Oui Bill. On vous reçoit cinq sur cinq.

– Où êtes-vous ?

– Nous sommes arrivés au quatrième palier. Et toujours pas d'âme qui vive.

– Le fugitif est blessé. Et il est sans doute tout en haut de l'immeuble. Le sergent et ses hommes suivent les traces de sang et ils sont sur les toits. Mais quelqu'un a actionné l'ascenseur. Continuez de monter. On ne sait jamais. Cela pourrait être notre homme. Le sergent ne veut courir aucun risque. Et ne rien laisser au hasard. Si c'est notre *boogie man,* il s'est probablement arrêté au neuvième étage, là où il a son appartement. Donc, continuez votre course. Montez là-haut et entrez dans l'appart. Il faut s'assurer qu'il ne s'agit pas de notre homme. Et si c'est lui, vous l'abattez. Ce sont les instructions. Est-ce que c'est clair ?

– Très clair, Bill. On grimpe les cinq étages qu'il nous reste à gravir. On entre dans l'appartement. Et si on le trouve, on le bute. Over.

– Faites-moi un rapport dès que vous êtes sur les lieux. Over.

Sur les toits, le sergent et ses hommes poursuivent leurs investigations.

Dans la cage d'escaliers, Joe et Fred continuent leur ascension.

La cabine, qui s'était immobilisée au neuvième étage, a repris sa course depuis un moment. Couché sur le palier, en bon Américain, je regarde d'abord sur la gauche. Rien. La voie est libre. Puis sur la droite. En face de moi se tient le petit liftier de tout à l'heure. Il me fait signe de le suivre. Mais il ne se dirige pas vers la porte de mon appartement. On part complètement à l'opposé. Et on se cache dans un petit renfoncement, dans le noir, à l'abri de la frêle lueur verte qui éclaire faiblement le couloir. D'où l'on est, on a une vue dégagée sur tout le hall du neuvième étage.

Arrivés au palier, les deux poursuivants

frappent à la porte de mon appartement.

– Teddy, ouvrez ! Nous savons que vous êtes là. Allez, ouvrez la porte. Il ne vous sera fait aucun mal.

Je distingue clairement le plus petit des deux pointer son M16 en direction de la porte d'entrée.

– Allez Ted. Ne faites pas l'enfant. Ouvrez cette porte. Sinon, nous allons devoir entrer de force. Je compte jusqu'à dix. Un, deux, trois, quatre…

Et le plus teigneux des deux donne un grand coup de pied sur la porte.

– Six, sept, huit, neuf… et dix. Feu !

Les deux M16 se mettent à décharger leurs balles. Les tirs sont concentrés tout autour de la serrure. Un trou béant de plus de vingt centimètres se forme à travers la porte. Que le plus grand des deux pousse du genou maintenant. Et les deux agents de sécurité pénètrent dans mon appartement.

– Allô Bill, vous me recevez ?

– Oui Joe. Cinq sur cinq.

– L'appartement est vide, Bill. Enfin, presque vide.

– Comment ça, « *presque* vide » ?

– Il y a le corps d'une vieille femme sur le sol de la plus grande chambre. Elle est très très vieille. Je dirais plus de quatre-vingt-dix ans. Sa peau est toute ridée. Comme écaillée. Cette créature doit être centenaire. On dirait qu'elle s'est noyée.

– Vous pensez que c'est en rapport avec notre fugitif ? Ou avec les mouvements de l'ascenseur ?

– Négatif, Bill. Elle n'a pas pu prendre l'ascenseur. Cela fait un bon moment qu'elle n'est plus de ce monde. Je dirais que cela fait plus d'une semaine.

– Oui bon, dans ce cas, ce n'est pas elle qui a appelé l'ascenseur.

Le groom qui était à mes côtés s'en va. Il marche à découvert dans le couloir. Il arrive devant la porte explosée et frappe :

– Hum hum. Y a quelqu'un ? Ouh ouh, y a quelqu'un ?

– Fred, c'est quoi ça ? Va voir à la porte, moi je continue d'informer Bill. En temps réel. Au talkie-walkie.

– Allô ? Joe ? Que se passe-t-il ?

– Sais pas, Bill. Y a un type qui frappe à la porte. Fred est allé voir.

– Ne le laisse pas seul. Arme ton fusil automatique et suis-le.

– OK Bill. Mais ne t'inquiète pas. Fred est armé.

– Oui, mais notre fugitif aussi, je te rappelle.

– OK Bill. J'y suis. Je l'ai rejoint. Nous sommes devant la porte.

Le petit liftier tremble devant les deux agents armés.

– Euh, ex... excusez-moi, Messieurs. J'ai entendu du bruit, alors je suis venu voir.

– Tout va bien petit. Nous sommes de la sécurité. Nous faisons un contrôle de routine.

– Dis-moi le liftier, c'est bien toi qui étais dans l'ascenseur ?

– Oui, pourquoi ?

– Oh non, pour rien. Tu n'as croisé personne ?

– Non. A part vous, il n'y a personne à l'étage.

– Bon, très bien. Alors on peut y aller. Viens Fred, suis-moi. On redescend par les escaliers. Et toi, petit, il faudra appeler un serrurier pour faire réparer la porte de l'appartement.

– Bien Messieurs. Euh, au revoir.

– Oui, c'est ça. Au revoir p'tit.

Allô Bill, tu m'entends ?

– Oui Joe. Je t'entends et j'ai tout écouté. Vous pouvez effectivement redescendre. Notre gars est sur les toits et visiblement, le sergent ne va pas tarder à l'attraper. Ici en bas, l'ascenseur s'est arrêté. Il était vide, naturellement.

– Oui, cela doit être le groom qui l'a fait descendre.

Les deux agents empruntent la cage d'escalier et redescendent rejoindre leur collègue au rez-de-chaussée.

Pour moi, la voie est libre. Je dois une fière chandelle à ce petit liftier. Je me dirige vers la porte de l'appartement. Mais rien. Personne. Il s'est volatilisé !

Mystère. Je n'ai pourtant pas rêvé. Il se tenait bien là à discuter avec les deux gardiens de sécurité. Où a-t-il bien pu disparaître ?

Je m'avance, passe la porte dont la serrure a été pulvérisée et laisse percer la lumière naturelle à travers un trou béant, large comme une tête d'âne, et je m'aventure dans l'appartement. Au fond du corridor, depuis la chambre de maman, je l'entends chanter. C'est sa voix. J'en suis sûr :

« Aime-moi bébé avec émotion
Bébé aime-moi avec dévotion
Je vois de la tendresse dans tes yeux
C'est un sentiment que tu ne peux pas dissimuler.
Bébé aime-moi
Au clair des étoiles, au clair de lune
Aime-moi comme une fleur aime le soleil
Aime-moi à chaque instant, à partir de
maintenant. »
(Discographie : 11.)

https://www.youtube.com/watch?v=96E01aI46P8

Je pense alors tout bas : oui maman, je t'aime. Comme peu de fils aiment leur mère. Attends. Ne bouge pas maman. J'arrive et te rejoins dans le lieu interdit. Dans ton sanctuaire. Dans l'endroit mystique et inviolable qui t'est réservé : ta chambre.

Je retiens mon souffle et me dirige pour la seconde fois vers cette forteresse étrange et étrangère. Qui fut pour moi un territoire inconnu et inexploré.

En rasant les murs, je repense à la première fois que j'y suis entré. Celle où j'ai découvert un véritable mausolée dédié à papa. Celle où je t'ai retrouvée au milieu de millier de bougies, étendue, inerte et noyée sur le sol trempé.

Es-tu enfin réveillée ? Si tu chantes, c'est que tu as repris tes esprits.

Maman, que je suis content de te retrouver. Aussi, tu vas pouvoir nettoyer ma plaie. Désinfecter la sale égratignure laissée par cette balle perdue. Et soigner la blessure qui me fait mal en haut du bras.

La porte de ta chambre est tout contre le chambranle. J'ai le trac, je dois te l'avouer. Je n'ose pas la pousser. Maintenant que je suis juste derrière la cloison, je t'entends clairement et très distinctement me chanter *Love Me Baby* comme Sheila et les Black Devotion.

Je respire à fond. Je pousse la porte. Et j'entre enfin.

9

LES ESCLAVES ET LA SECTE

A peine entré, je m'arrête net ! Je ne reconnais pas la chambre. Et cette odeur de sang séché est insupportable. Je suis pourtant bien entré dans notre appartement, au neuvième étage de notre immeuble, en plein cœur du quartier de Riverdale, dans le Bronx. Or, je me retrouve dans une drôle de pièce. On dirait une chambre froide, comme à l'arrière des abattoirs.

Devant moi, à quatre pattes, une dizaine de femmes nues. Attachées dans des box. Assis sur un tabouret, devant chacune d'elles, un vacher est occupé à les traire. Le lait qui sort du mamelon compressé entre le pouce et l'index, est récolté dans un sceau métallique posé à même le sol, sous leurs poitrines gonflées de douleur.

Dégoûté, je ressors de la pièce. Je me retourne et me retrouve dans une véritable porcherie. Des centaines d'hommes, eux aussi entièrement nus, sont engraissés comme des porcs. Pire, ceux qui ne mangent pas les restes de nourriture qui jonchent le sol boueux, sont gavés comme des oies avec des entonnoirs maniés par des bourreaux qui ne les ménagent pas.

Mais dans quel monde abject me suis-je perdu ?

Qui sont ces gens ? Pourquoi infligent-ils toutes ces souffrances à leurs semblables ? Et dans quel but ? Ce spectacle m'est insupportable. J'ai envie de vomir.

– Teddy ? Teddy Murrey ?

– Oui, c'est bien moi.

– On vous demande. Veuillez me suivre s'il vous plaît.

Et nous sortons de l'immeuble par un dédale de couloirs et de pièces où sont enchevêtrées des cages à poule que je ne reconnais pas. Derrière les grillages à volaille, des enfants sont entassés les uns sur les autres. L'air y est irrespirable et suffocant. Dehors dans la rue, j'inhale un grand coup. Mon guide presse le pas. Je cours pour arriver à sa hauteur et me tourne vers lui :

– Et peut-on savoir où l'on va ?

– Au Rockefeller Center. Le Président va vous recevoir avec d'autres convives, autour d'un business lunch.

– Ah bon ? Au Rockefeller ? Le Président qui demande à me voir ? Moi ?

– Oui. Il est intrigué par la conception de votre jeu *Blockade*. Il a beaucoup de questions par rapport à votre serpent. Un instant, je vous prie. *George, please open the door.* Après vous, Monsieur Murrey.

Le portier s'efface et me laisse le passage. Je monte dans la Pontiac *Firebird*, une Trans Am noire et dorée, avec l'oiseau de feu sur le capot, tandis que mon hôte s'installe à mes côtés, derrière le volant.

– Le Président tient à vous rencontrer en personne. Il est un véritable fan de *snakes* en tout genre. Il possède d'ailleurs une impressionnante collection de serpents. Il en a plus d'un millier. Je pense que vous allez aimer… En attendant, pendant le trajet, une infirmière va vous soigner cette sale blessure en-dessous de votre épaule.

Une femme portant un tablier blanc et une coiffe avec une croix rouge est installée à l'arrière, les jambes à cheval sur l'accoudoir entre les deux assises, juste au centre derrière nous. Étrangement, elle a la silhouette de 1m675. Elle m'invite à me retourner et à lui présenter le haut du bras gauche.

Tandis que le moteur *V8 400 ci* de Pontiac, ce six virgule six litres de la mythique Trans Am, développe ses cent quatre-vingts chevaux, le coupé nous propulse en direction du sud de Central Park, entre la Cinquième Avenue et celle des Amériques.

– Alors, montrez-moi cette vilaine blessure.

Je lui tends le bras. Elle déchire et relève tout en haut la manche ensanglantée de ma chemise en polyester au motif floral psychédélique, violet et orange. Elle me désinfecte la plaie et pose un sparadrap cicatrisant, comme une seconde peau, sur l'écorchure laissée par la balle.

– Voilà qui devrait faire l'affaire. C'est spectaculaire mais sans gravité. Le projectile vous a frôlé. De très près certes. Mais il ne vous a pas transpercé le triceps.

– Merci Mademoiselle.

Arrivés devant le numéro trente de Rockefeller Plaza, mon bras soigné, nous laissons la *Firebird* à un voiturier, et prenons l'ascenseur dans une des dix-neuf tours qui bordent la patinoire, noire de monde justement. Pour monter les soixante-dix étages et rejoindre la salle à manger perchée à deux cent soixante mètres, devant le pont de l'observatoire, au sommet du RCA Building. Cet édifice, construit dans le pur style Art déco des années trente, ressemble à la tête d'un paquebot.

Là-haut, au *Top of the Rock*, la vue est démentielle. Elle s'étend de Central Park à l'Empire State Building.

Dans la salle, le ballet des serveurs s'active autour de la nappe blanche et de la quinzaine de convives assis autour du chef d'Etat qui préside tout naturellement en bout de table. On m'a installé à sa droite. J'ai donc l'immense privilège d'être son invité d'honneur. A sa gauche vient de s'asseoir le chauffeur qui m'a conduit jusqu'ici.

– Monsieur Murrey, je suppose ?

– Monsieur le Président, c'est un honneur pour moi.

– Je vous présente mon conseiller, Brad Brown, qui vous a accompagné jusqu'ici, je crois.

– Oui, effectivement. Enchanté Monsieur Brown.

– A nouveau, bienvenue ici, Teddy. Et bonjour Monsieur le Président.

– Bien, maintenant que les présentations sont faites, nous allons pouvoir travailler. Monsieur Brown a dû vous expliquer le pourquoi de votre présence.

– Oui. Il m'a parlé de votre intérêt pour les serpents, et donc pour le jeu que nous avons développé sur les consoles Arcade.

– Effectivement. Les serpents m'ont toujours intrigué.

– J'ai cru comprendre que vous possédez une sacrée collection, Monsieur le Président.

– Oui. J'ai cette chance. Si cela vous intéresse, je vous la montrerai après le déjeuner.

– Bien volontiers.

– Dites-moi, Teddy, je peux vous appeler Teddy ?

– Ou Ted. Comme vous préférez.

– Alors, dites-moi, Ted, ce serpent, comment faites-vous pour qu'il grossisse, je veux dire constamment, tout en gardant son agilité de mouvement sinusoïdal ?

– C'est bien là tout le problème, Monsieur le Président. Cela nous a demandé beaucoup de travail. Des heures et des heures de calculs et d'algorithmes très complexes, pour ne pas dire compliqués.

– Et vous avez réussi après combien de temps ?

– Cela nous a pris une grosse année après le lancement de la première version, qui était beaucoup plus saccadée. D'ailleurs, vous m'y faites penser maintenant. Le 1er septembre 1976... C'était il y a belle lurette, non ? Le curseur de l'agenda mural bloqué sur 1/m9/76... Comment ai-je pu être aveuglé si longtemps ?

– Le curseur ? Je ne vous suis pas. Mais le 1er septembre 1976, effectivement, cela fait plus d'un an.

Les serveurs - *je veux dire, pas ceux qui turbinent dans l'ordinateur, mais ceux autour de la table* - nous apportent le plat de consistance.

– Cette viande est délicieuse. Et très tendre. Ce n'est évidemment pas du porc. Cela ressemble à une côte de bœuf, ou plutôt, à du kangourou. Qu'est-ce donc, Monsieur le Président ?

– J'ose bien croire que ce n'est pas du porc. C'est interdit depuis deux millénaires par l'Ancien Testament, le Coran et la Torah. Encore moins du bœuf. Ni du kangourou. Ce sont des espèces protégées. Comme tous les animaux. Si on ne l'avait pas fait, avec sa surpopulation, notre planète Terre, le Monde entier, courrait inévitablement à sa fin. Enfin, d'où venez-vous, Teddy. Cela fait des dizaines d'années, voire presqu'un siècle, que nous sommes passés à l'élevage humain intensif. Donc non, Ted, si c'est une blague, elle est de mauvais goût. Cela fait bien longtemps que nous ne servons que de la viande humaine, ici ou ailleurs. Et de premier choix. Tous les hommes que nous consommons sont de purs produits 100% américains. Certes, les meilleurs sont importés d'Argentine. Mais bon, cela reste l'Amérique.

J'ai failli recracher la bouchée que j'étais en train de mâcher. Inutile de vous dire que ça a coupé mon entrain et que je n'ai plus touché à mon assiette. Alors que notre hôte et mes voisins de table se sont resservis à plusieurs reprises.

– Vous ne mangez plus, Ted ? Vous n'avez pas faim ?

– Je suis désolé, Monsieur le Président, mais je ne suis pas dans mon assiette.

– Et vous ne risquez pas d'y être, Teddy. *Ha ha ha*. Cette place est réservée aux castes que nous avons jugées inférieures. Car la grande épopée des colonies, dont celle des Amériques, a permis aux civilisations européennes d'imposer leur suprématie sur les nations envahies et sur toutes les autres ethnies. Les Africains essentiellement, mais également les Indiens, les Latinos, quelques rares Maghrébins et de plus en plus d'Asiatiques. On leur trouve un côté exotique et naturellement épicé. Personnellement, je préfère la viande noire. Il y a très peu de graisse et pratiquement pas de nerfs. Nous veillons à les élever sans stress. Ce qui correspond plutôt bien à leur tempérament. Quand ils ne sont pas en pleine boulimie de nonchalance, on les fait courir en pleine nature. Car l'étiquette de luxe et de qualité bio, le fameux *Black Label*, n'est pas surfaite. Elle n'est pas du tout facile à obtenir. Rares sont les éleveurs texans qui ont su la gagner et qui peuvent encore l'afficher. Bien évidemment, l'on ne trouve de la bonne viande noire que chez les sudistes.

– Mais dites-moi, Monsieur le Président, si j'ai bien compris, tout le monde ici est raciste et cannibale ?

– Malheureusement, non. Il y a les démocrates. Et leur foutue lutte égalitaire. Heureusement qu'on a dégommé leur Président, ce crétin de John Fitzgerald Kennedy. Et moins de cinq ans après, à Memphis, ce fou furieux de Martin Luther King. Mais bon, il y a aussi trop de mouvements végétariens un peu partout sur la planète, avec des femmes et des hommes qui refusent encore de se nourrir de viande humaine, peu importe sa provenance, en prétextant que l'élevage humain intensif est responsable de la pollution terrestre, du réchauffement climatique et du recul de la biodiversité dans le monde, déforesté par nos éleveurs, de mèche avec les hypermarchés. Et pire, nous sommes confrontés à de plus en plus de végétaliens. Vous savez ? Ceux qui refusent même de boire le lait extrait des mamelons de nos femmes esclaves. Tout cela est très choquant, ne trouvez-vous pas ?

– Euh non mais, ça va pas la tête ! Ce sont ces pratiques barbares qui choquent. Cela donne la nausée. Je ne suis absolument pas de votre avis.

D'ailleurs, personne ne peut l'être. C'est l'exploitation de nos frères et sœurs qui est intolérable. La diversité fait la richesse de l'humanité. Ne pensez-vous pas, Monsieur le Président, que les hommes et les femmes, peu importe leur rang, ont besoin de dignité, tout comme vous, et ont le même droit au respect et à la vie ?

– Teddy, heureusement que vous produisez des jeux. Et que vous ne faites pas de politique. On vous rirait au nez ! Par contre, pourquoi ne pas inventer un jeu vidéo, qui permettrait aux castes inférieures de se battre et de survivre ? Vous auriez une belle audience, car les Noirs, les Rouges, les Gris et les Jaunes sont en surnombre. Je suis sûr qu'ils achèteraient votre jeu. Ils se l'arracheraient même. Ah non. Zut ! Encore faudrait-il qu'ils en aient les moyens. J'ai oublié que nous avons fait en sorte que ces castes inférieures ne puissent pas gagner d'argent. Elles ne peuvent donc que s'engraisser béatement, pendant leur captivité et l'esclavage, en attendant leur tour. Celui de finir agréablement dans nos assiettes. Donc, j'ai bien peur que, même sous forme de jeu, votre idée ne puisse aboutir. Je ne vois aucun Blanc qui prendrait plaisir à faire survivre un Coloré.

– Vous pensez comme les vulgaires colons que nous sommes, des racistes primates et pervers ! Permettez-moi, cher Président, mais c'est absolument monstrueux d'abattre, découper et puis manger nos semblables. Le cannibalisme signera la fin de l'humanité.

– Et pourquoi cela, jeune sot ? Vous n'êtes qu'un

pauvre démocrate écervelé ! Ils ne sont en rien nos semblables. Leur peau est différente. Leurs traits sont discordants. Ils ne parlent pas notre langue. Ils n'ont ni notre esprit ni notre intelligence. Certes, certains spécimens semblent être plus forts que nous, j'entends par là « *physiquement* » plus forts, mais ils se soumettent à notre autorité et à notre pouvoir. Et s'ils devaient se montrer plus téméraires, voire virulents et se révolter, eh bien, il nous suffirait de les priver de nourriture, ou de les abattre avant l'heure. Sincèrement, Ted, je ne vous suis pas. Vos pensées rétrogrades datent d'une autre ère. De bien avant la colonisation.

– Mais bordel, Monsieur le Président, on ne peut pas fermer les yeux sur tant de maltraitance humaine !

– Nous ne fermons pas les yeux. Bien au contraire. Les Républicains sont au chevet de la condition humaine. Ils viennent de déposer une proposition de loi qui vise à lutter contre la maltraitance, tout en évitant les sujets qui fâchent l'électorat et les clivages faciles, comme l'élevage humain intensif, ou l'esclavage et la traite des femmes. Par traite des femmes, rassurez-vous, nous entendons bien évidemment beaucoup plus que le simple fait de les traire. Cela va bien au-delà de la traie. Puisqu'elles nous sont soumises, qu'on en abuse et qu'on se les passe entre nous. Dans ce texte de loi donc, nous ne remettons pas du tout en cause la traite des femmes. Mais nous nous engageons à les traire dans le respect de conditions sanitaires strictes, et à une cadence qui leur permet de donner du lait, euh, plus dignement. Par exemple, on ne pourra plus leur lier les poignets et les chevilles en station à quatre pattes. Un simple collier, sans étrangleur, et une chaîne devraient suffire amplement pendant qu'on les trait. Ceci bien évidemment, pour le respect, le confort et la sécurité de tous. Je suis même persuadé que le rendement à terme s'en verra amélioré. Ou si ce n'est le rendement, que la qualité des produits laitiers en sera nettement supérieure. Fini le lait caillé par la peur, le stress ou maculé de sang. Mais trêve de bavardages inutiles, si on allait voir ma collection de serpents ?

– Je pense que c'est mieux, oui. Car vous m'avez donné la nausée.

– Allons, taisez-vous donc. Vous avez de la chance que je ne sois pas rancunier. Et que je sois un véritable fan de votre jeu de serpents. Alors, cessons là nos querelles politiques. Et suivez-moi, Ted.

– Je vous suis. Mais permettez-moi une ultime remarque, Monsieur le Président. Le grand reproche que l'on peut faire à ce projet de loi, c'est qu'il ne pose pas la vraie question de la place des Hommes dans notre société.

– Mais vous n'allez pas revenir là-dessus, Teddy. Je vous ai déjà expliqué qu'il ne s'agit pas véritablement d'humains à proprement parler. Car on ne les comprend pas. Après cinq siècles de colonisation, ils ne sont toujours pas foutus de parler comme nous… Et puis, que reprochez-vous à ce texte ? Le premier chapitre vise à lutter contre l'abandon des humains de compagnie, principalement en période de vacances. C'est un net progrès, n'est-il pas ?

– Les humains de compagnie ? Qu'est-ce que

c'est qu'ce truc ? Moi, j'ai Atari, mon chat. C'est un animal de compagnie. Je n'ai jamais entendu parler d'un humain de compagnie.

– Mais de quelle planète venez-vous, Ted ? Chaque famille à New York possède au moins deux domestiques. Cela va de pair avec la télé, le lave-vaisselle et le frigo. Nous avons tous chez nous au minimum un esclave pour la cuisine et un autre pour le ménage, communément appelés « humains de compagnie ». Malheureusement, chaque année pendant les vacances, plus de cent mille humains de compagnie sont, pour des raisons économiques évidentes, ou par facilité et confort personnel, abandonnés dans la ville. Tous les vétérinaires s'accordent pour dire que si nous adoptons ce texte de loi, ce sera une belle avancée. Et pour tenter de mettre fin aux achats impulsifs, le Ministre de l'agriculture se félicite déjà de la mise en place d'une « attestation de connaissance » pour tout primo-acquérant d'un humain de compagnie. Cette charte est un engagement moral. C'est LA trouvaille du siècle, celle qui permet à notre gouvernement fédéral de solutionner tous les problèmes. On remplit une simple attestation, qui n'engage à rien. Mais cela donne du travail administratif aux nombreux fonctionnaires inutiles, cela facilite la répression et la rentrée d'argent dans les caisses, grâce aux amendes en cas de contrôle, car il y aura toujours des cons qui n'ont pas, ou qui ont mal, rempli le document. Et tout le monde est content. Les citoyens car ils constatent que leurs élus ont pris le taureau par les cornes. La police parce qu'elle peut montrer sa force et prouver son utilité. Et enfin, les caisses de l'Etat, garnies de ces nouvelles recettes… Le deuxième chapitre prévoit, il était temps, un renforcement des sanctions pénales en cas de maltraitance. Avec une nouvelle échelle pénale pour les actes zoophiles et la diffusion d'images à caractère zoo-pornographique. Nous espérons ainsi limiter le nombre d'abus sexuels par de lourdes peines à l'encontre des maîtres violant les femmes à quatre pattes, attachées pour leur traie. Il en ira de même pour les violences sexuelles commises à l'encontre des hommes d'élevage, gavés comme des oies par leurs bourreaux, qui les obligent à rester silencieux au cours d'orgies avilissantes.

– Pourquoi parlez-vous de zoophilie ? Il s'agit pourtant de crimes sexuels perpétrés sur des femmes et des hommes à la merci de leurs patrons.

– Je vous l'ai déjà expliqué. Merde ! Vous me fatiguez à la fin. Ils ne sont pas comme nous. Un point c'est tout. Les siècles de colonisation leur ont octroyé, à juste titre, un statut comparable à celui de l'animal. Ce n'est pourtant pas compliqué à imprimer dans votre petit crâne d'œuf, non ? Où en étais-je d'ailleurs ? Ah oui. Le projet de loi pour leur venir en aide et rendre cette servitude moins rude, justement. Tout le monde applaudit. Cependant, ce sont les troisième et quatrième chapitres, relatifs à la faune sauvage captive, qui devraient déchaîner les véhémences de l'opposition à l'Assemblée. Le texte propose ici de mettre fin aux spectacles mettant en scène des humains sauvages. Et d'interdire les élevages d'humains destinés au commerce et à l'exploitation de leurs peaux colorées. Déjà trois amendements gouvernementaux, en concertation avec les filières, ont été déposés afin de prolonger l'exploitation de certains humains sauvages, notamment les peaux rouges, dont la pigmentation est très en vogue parmi les hauts couturiers de l'Etat et leur richissime clientèle. Mais j'ai dû vous saouler, Teddy, avec tous ces détails. Nous voici enfin arrivés devant mon antre. Après vous, je vous en prie.

Et là, c'est la stupéfaction. Totale. Je suis complètement abasourdi. J'ai l'impression d'être dans ma chambre. D'ailleurs, ce n'est peut-être pas une impression : je suis dans ma chambre.

Un drapeau des Yankees pend derrière le néon, sous le plafond de la pièce. Et je reconnais les photos de toutes les variétés de serpents, plus de trois mille cinq cents espèces, qui ornent les murs violets, à droite du lit. À gauche, une fenêtre fermée, au vitrage brun sale et sablé, donne sur la place bruyante et l'obscurité de ce que je devine être l'immeuble d'en face.

A la différence de ma chambre, il y a une énorme vitrine, opposée au lit, qui doit effectivement contenir un bon millier de serpents, tantôt empaillés, tantôt flottant dans un récipient de formol, pour leur parfaite conservation. Je reconnais les boas constrictor et imperator.

– Alors, qu'en pensez-vous, Ted ?

– Je suis scotché. Vous n'allez pas me croire, Monsieur le Président, mais on dirait ma chambre. J'ai le même drapeau des Yankees. Les mêmes photos des variétés de serpents. La peinture des murs de ma chambre est également violette. Jusqu'à la parfaite ressemblance du lit. Il n'y a que les étagères vitrées et leur millier de serpents que je n'ai pas chez moi…

– Et pour cause, cette collection est unique. Et j'en suis très fier. Avez-vous remarqué la couresse de Sainte-Lucie, redécouverte récemment ? Un rapport d'experts atteste qu'il ne resterait plus que dix-huit serpents de cette espèce, le *Liophis Ornatus*. Cette petite couleuvre, la plus rare au monde, survit sur un petit îlot, non loin de Sainte-Lucie, dans les Antilles. D'où son nom commun, la couresse de Sainte-Lucie.

– J'ai surtout remarqué votre python d'Oenpelli, le fameux *Simalia Oenpelliensis,* qui fait partie d'un groupe d'espèces de pythons endémiques des petites îles inhospitalières et reculées de l'éco-zone australasienne. Et qui est adulé et nommé *Nawaran* par les aborigènes. Ils l'ont fréquemment représenté dans leurs peintures pariétales et leurs pétroglyphes. Ce serpent, atteignant jusqu'à quatre mètres cinquante, possède des motifs ingénieux, qui donnent une impression d'élongation plutôt surprenante. Il change aussi de couleur au cours de la même journée : pâle avec des tâches foncées de nuit, il devient rougeâtre et se camoufle dans les escarpements rocheux le jour.

– Je vois que mon hôte est connaisseur.

– C'est que vous possédez là toutes mes espèces préférées. Et puis, je vous l'ai dit, cette pièce ressemble étrangement à ma chambre : le drapeau, les photos des serpents, le lit, la couleur des murs…

– Rien d'étonnant : tout le monde est supporter des Yankees à New York. Et puis, il me semble que nous partageons la même passion pour les reptiles. Quant au mobilier, il s'agit d'une production standard que l'on retrouve chez tout un chacun. Le violet enfin, est à la mode. C'est également ma couleur préférée. Et apparemment, je ne suis pas le seul à l'aimer… Dites-moi, Ted, cela vous dirait une petite partie de *Blockade* avec moi ?

– Pourquoi pas, Monsieur le Président.

– Alors venez. Suivez-moi dans la pièce d'à côté, le salon. J'y possède une console Arcade.

Effectivement, posée sur le tapis orange qui recouvre le sol, à côté de la table basse en verre fumé, une console trône fièrement et semble nous attendre. Dans le salon du Président, une ancienne commode en bois foncé, qui me rappelle la nôtre, fait face au vieux sofa en cuir noir, usé par endroits si bien que la structure en aluminium sort là où les coutures ont lâché. Les murs, qui ont été vraisemblablement crème il y a longtemps, sont jaunis par la saleté et la nicotine des cigarettes.

– Si ça vous va, vous prenez le serpent rouge, comme le python *Nawaran*. Et moi le vert, comme l'*Opheodrys Vernalis*, la couleuvre.

– En fait, elle est plutôt vert émeraude, avec le ventre jaune clair. Mais ça me va, je prends le rouge.

– Vous avez l'art de me contredire, jeune sot. Le ventre peut être aussi tout blanc, je vous fais remarquer. Alors, qui commence ?

– Je vous en prie, Monsieur le Président.

Et la partie s'engage. Nos serpents grossissent à vue d'œil. La lutte, tout comme l'espace, devient de plus en plus serrée. Visiblement, le Président doit y jouer souvent. Il reste très concentré et manie les flèches latérales et de haut en bas avec une dextérité étonnante. Lequel des deux serpents va se toucher ou percuter l'autre ?

Par une manœuvre ingénieusement subversive, le Président est parvenu à contourner mon python. Qui se retrouve emprisonné par la couleuvre. Impossible de passer en force. Et continuer de m'enrouler en boule de cette façon est beaucoup trop risqué. Je vais finir par me toucher un anneau.

– Je pense que vous allez gagner, Monsieur le Président.

– Je pense que vous pensez trop, Teddy.

Et c'est alors que j'appuie très très vite et insiste de nombreuses fois sur la flèche gauche. Dans un soubresaut impromptu, mon serpent fait demi-tour. Sur lui-même. La couleuvre ne s'y attendait pas. Surprise par la manœuvre, elle bondit. Un écart latéral qui lui est fatal. Elle touche inévitablement le bord et explose.

– Vous venez de m'avoir, Ted.

– Ce fut au-delà de mes espérances, Monsieur.

– Oui, vous avez eu de la chance. C'est stupide : j'ai appuyé sur la mauvaise flèche.

Visiblement, le Président n'aime pas perdre. Son visage s'assombrit. Et il cache mal son envie de revanche.

– On s'en refait une, Teddy ?

– Excusez-moi, Monsieur le Président, mais il faut que j'y aille.

– Je crains que ce ne soit pas possible. Mon

conseiller, Brad Brown, a dû partir juste après le déjeuner. Pour régler une affaire de la plus haute importance.

– Oui, je le sais, Monsieur. Il m'avait prévenu. Il avait un rendez-vous urgent, qu'il ne pouvait pas décaler, avec le lobby des éleveurs d'Indiens. Mais la serveuse qui s'occupait de nous s'est gentiment proposée de me raccompagner dans son camion.

– Alors c'est parfait. Je ne vous retiens pas.

Malgré son sourire forcé, le Président ne parvient pas à contenir son rictus de mauvais perdant. On voit bien qu'il n'a pas supporté la défaite. La bienséance voudrait que je joue une nouvelle partie. Et que je m'assure de sa victoire. Mais je n'ai vraiment pas apprécié sa prise de position sur les humains de compagnie, la traite des femmes et l'élevage intensif des hommes de couleur. Alors je prends poliment congé. Et vais retrouver la jolie serveuse caucasienne, en robe noire et tablier blanc. Élancée sur son mètre soixante-huit, malgré son charme latin et sa peau mate, on dirait, par sa froideur apparente, une fille des pays de l'Est, aux yeux vert noisette, aux longs cheveux blonds bouclés et à la forte poitrine. Je pense qu'elle doit porter un bon gros bonnet D. On croirait l'infirmière de tout à l'heure. C'est fou ce qu'elle ressemble à 1f675... Mais ce qui frappe avant tout, c'est son sourire, sa distinction et son aisance. En réalité, elle n'est pas froide. Ce que je prenais pour de la froideur ? C'est ce qu'on appelle « *la classe* ». Innée chez une femme. Ou inexistante à jamais. Car elle ne s'apprend pas. On l'a tout simplement. Ou pas. Et cette jeune femme semble résolument déterminée. Elle est du genre à prendre sa vie en mains. Être serveuse, je veux dire que, *pour elle*, bien servir les autres, n'est pas qu'un métier lucratif. Je pense qu'elle le fait par altruisme. Être camionneuse rend son charme naturel et son attrait, encore plus irrésistibles. Vous comprenez, conduire un camion vient contrecarrer le mythe et casser l'image de la femme objet. Et c'est cela qui m'intéresse. L'on peut à la fois être belle, féminine et charmante, et avoir du caractère, un tempérament d'acier, se forger ses idées et concevoir sa vie. Être féministe, être une femme de tête, ou encore une femme épanouie, ne doit pas seulement être réservé aux moches. On s'en fout du physique. Finalement, on vieillira tous. On s'enlaidira avec le poids des années. Et on finira un beau jour, ou un triste jour, par mourir. Comme maman. Alors, puisque la beauté est subjective et éphémère, pourquoi s'y attarder ? Et au même titre, pourquoi s'en priver ? Pourquoi pas des féministes féminines ?

– Me voilà, Marilyn.

– Non, moi c'est Marlène. *I'm Welsh*. Et fière de mes origines galloises.

– *Oh, sorry*. J'avais mal compris tout à l'heure.

– Pas de souci. Vous êtes prêt ? Nous y allons ?

J'aime sa façon de lancer des affirmations en les terminant gentiment, si délicatement, par un point d'interrogation. C'est le propre des femmes et des hommes d'action. Et j'avoue être très sensible à ce trait de caractère. Agir fait avancer les choses. Et tourner le Monde. Avoir de la personnalité ne se reflète pas nécessairement dans une glace. Il ne faut pas spécialement être belle ou beau pour avoir du charisme. Il ne faut pas non plus impérativement avoir les oreilles décollées, comme Serge Gainsbourg, pour créer de belles chansons, ou finir vieille, comme Simone Veil, fatiguée mais morte heureuse d'avoir enfin, et je l'espère de façon immuable, pu donner aux femmes le droit de décider de porter ou non la vie. Et de ne pas se la voir imposée par la force du Droit, ni par la Loi des hommes. Avoir de la personnalité, ça se ressent concrètement. Cela se vit au travers d'actes forts. De réalisations. Qui nous font rentrer dans l'histoire. L'histoire de famille. L'histoire de l'amitié. Le souvenir. La marque indélébile laissée par les passions. Les chefs d'œuvre. Au travail avec les collègues. Lors de rencontres, fortuites ou non. L'histoire, avec un petit ou un grand H. Et cette beauté-là reste. Le temps ne parvient pas à l'user. Au contraire, il la lustre et la patine. Le temps fait rentrer dans l'histoire. Histoire de lui prouver que nos histoires sont immortelles.

– Oui Marlène. Allons-y !

Et nous montons dans son camion. Un *White Freightliner Conventional,* avec sa grosse calandre argentée à l'avant, le premier modèle à capot de la célèbre marque, offrant une meilleure conduite et une meilleure maniabilité. Le long capot *WFC* en aluminium jaune, avec les grosses bandes autocollantes marron aux liserés orange, a donné le coup d'envoi à la production de ces gros

American Trucks dits « conventionnels ». Ils ont traversé de long en large la célèbre Route 66. Celui de Marlène possède une couchette derrière le poste de pilotage surélevé. Dans la cabine, que l'on soit derrière le volant ou à côté de la conductrice, la vue est imprenable. On surplombe la route. Surtout devant, à travers le pare-brise, avec le recul du capot. Et de là-haut, d'où nous sommes, l'on voit les paysages défiler comme dans un cinéma avec écran panoramique.

Le camion quitte Manhattan par North Bergen, en direction du Comté de Hudson, au-dessus de Newark, dans le New Jersey. On se dirige vers Hackettstown, à travers les champs de maïs, de blé et les balles de foin.

– Marlène, qu'est-ce qu'on voit là, au loin dans les champs ?

– Ah, tu regardes tous ces gens de couleurs qui travaillent dans les champs, c'est ça Ted ? Eh bien, ce sont des esclaves. Ils labourent, moissonnent et récoltent le maïs et le blé. Ils peuvent se promener et courir dans les espaces verts, à l'air libre. Comme les poules. Les agriculteurs qui les surveillent avec leurs chiens et leurs fusils, et qui ont préalablement pris soin de les encadrer en érigeant de hautes clôtures électrifiées ou des murs avec des barbelés infranchissables, veillent à les nourrir du fruit de leur propre labeur. Et quand ils sont mûrs, je parle de ces colonisés à la peau aux couleurs du drapeau du petit royaume fédéral de Belgique, qui a bien évidemment profité de l'esclavagisme encore plus dégueulassement que ses grands voisins, et je te désigne du doigt ces tricolores, les noirs, les jaunes et les rouges, qui s'agitent là-bas dans les champs, eh bien, quand ils sont parfaitement domestiqués, qu'ils ont atteint un certain poids et que leur chair reste suffisamment tendre, nos agriculteurs, en véritables colons, les conduisent à l'abattoir. Ces « *petits Belges* », comme on les surnomme, ont la chance de faire partie des élevages d'humains qui pâturent au grand air. On les dit « bio ». Et ils sont actuellement très en vogue car ils rapportent deux fois plus que les élevages intensifs, où les humains maltraités sont « *parqués* » côte à côte, comme des moules, accrochés par des chaînes, sans pouvoir bouger, et sont gavés comme des oies, en attendant leur mort certaine. Comment ose-t-on espérer que leur viande soit tendre, alors qu'ils ne peuvent jamais se mouvoir, et qu'ils sentent constamment le danger et l'odeur de la mort autour d'eux ?

– Tout cela me dégoûte à un tel point que tu ne peux même pas imaginer, Marlène.

– Alors, tu es de nôtres ? Tu es végétarien ?

– A ce que j'ai compris tout à l'heure, je suis plutôt végétalien. Je refuse que l'on puisse traire les femmes. Et pour cette raison, je ne boirai jamais plus de lait.

– A Hackettstown, où nous nous rendons, au sud du New Jersey, vit une communauté de végétaliens. Comme toi et moi. Je vais te les présenter. Tu verras, la vie en groupe est super cool là-bas. Nous formons un clan, comme une véritable famille. C'est très *peace and love*. Tout le monde sourit à tout le monde. Tout le monde embrasse, sort et couche avec tout le monde.

Les cannibales nous traitent de hippies. Ils

disent que nous appartenons à une secte. Mais nous, on s'en fout. On n'appartient à personne. On sait qu'on leur fait peur. Car un jour, quand nous serons très nombreux, on arrivera à les renverser, sans faire usage de la violence, sans guerre, juste avec l'amour que l'on donne à chacun, et on prendra les rênes du pouvoir en allant libérer tous les humains de la terre !

Nous arrivons enfin à Hackettstown. Le village où vit la communauté de hippies végétaliens. Sur le parking à l'entrée du campement, notre camion se fraye un passage à travers une haie d'honneur rassemblant des dizaines de combi Volkswagen *Flower Power*, ces vans fleuris, psychédéliques et de toutes les couleurs, arborant fièrement le V superposé au W dans un rond chromé et qui ressemble étrangement à celui du célèbre symbole de la Paix, l'insigne *Peace & Love*. Nous dépassons la pancarte *Make Peace, Not War* et garons le *White Freightliner Conventional* avec sa calandre chromée tout contre celle d'un combi rose.

Devant leurs tentes, des hommes, des garçons, des adolescents, tous aux cheveux longs, des filles, des jeunes filles et des femmes, de toutes les races, de tous les âges et de toutes les couleurs, nous accueillent avec des colliers de fleurs. Ils représentent les générations d'exilés. Africains, Asiatiques, Européens. Il y a ceux venus d'Italie et d'autres, plus nombreux, de Manchester. L'aînée des femmes, baptisée « Madame Claude » par le Dieu de la secte, entonne à capella les paroles de Gerome Ragni et James Rado :

« On meurt de faim, on se regarde, on a le souffle court
Marchant pétrifiés dans nos manteaux d'hiver
Portant les odeurs des laboratoires
Affrontant une nation mourante, des chimères de papier mouvant
A l'écoute de nouveaux mensonges
Avec des visions suprêmes d'airs solitaires.
Quelque part, à l'intérieur de quelque chose, il y a un élan de Grandeur,
Qui sait ce qu'il y a en face de Nos vies,
Je façonne mon avenir sur des films de l'espace
Le silence me raconte en secret
Tout. Tout.
Manchester, Angleterre, Angleterre
De l'autre côté de l'Atlantique
Et je suis un génie, un génie
Je crois en Dieu
Et je crois que Dieu croit en Claude
C'est moi, c'est moi, c'est moi.

Et tous reprennent en chœur le chant de *Lady* Claude :
Laissons, laissons entrer le soleil
Laissons, laissons
Laissez, laissez entrer le soleil
Laissez, laissez. »
(Discographie : 12.)

https://www.youtube.com/watch?v=qonj8k0FBmA

Nous *laissons* sur la droite un petit groupe de jeunes filles très *british*, avec leurs cheveux poils de carotte et leurs taches de rousseur, collées tout contre des jeunes garçons aux allures de Beatles, du temps où ils faisaient jeunes premiers. Ils sont assis par terre et se passent inlassablement un gros joint. L'on devine leurs beaux visages insouciants à travers les volutes bleutées qui montent vers le paradis. Ils sont tous vêtus de simples *jeans* délavés et déchirés aux jambes, portés comme des mini-shorts. Ils arborent fièrement leurs t-shirts moulants et blancs, sur lesquels ils ont dessiné au feutre noir le signe de la paix dans son fameux rond, reconnaissable aussi sur les drapeaux qui pendent un peu partout dans le campement. D'autres hippies, aux cheveux longs coiffés d'une couronne de fleurs, sont nus en-dessous de leurs paréos colorés. Leurs vêtements contrastent avec ceux de Marlène qui n'a pas eu le temps de se changer. Elle est restée dans sa tenue de service, en robe noire, tablier blanc et escarpins à talons hauts.

– Teddy, ce voyage a dû t'éreinter. Pendant que je vais nous annoncer au chef du village, tu fais le tour des installations et tu vas prendre une bonne douche ?

Toujours sa façon de vous inviter à l'action et de vous donner des instructions, en finissant ses ordres par un point d'interrogation.

– Bonne idée Marlène. Mais toi aussi, tu dois être fatiguée…

– Je me détendrai plus tard. On m'attend pour

les formalités. Ce ne sera pas long. Et quand tu seras douché, je viendrai te chercher pour faire les présentations comme il se doit ?

Marlène m'indique le Sud en le pointant du doigt, tandis qu'elle s'en va tout au Nord du camp, vers la seule bâtisse imposante et de béton, peinte en rose et recouverte de motifs floraux de couleurs fuchsia, mauve, orange, bleu, jaune et vert, juste à l'opposé de la direction des douches communes. Elle tourne les talons et je reste un instant immobile, à la contempler qui s'éloigne. Ensuite, je me retourne et emprunte la voie désignée. Je me promène entre les tentes, les caravanes et les baraques en bois du campement hippie, à travers les dédales de chemins de terre, bordés de fleurs sauvages violettes, les *Viola Sororia,* et de lilas persistants jaune pâle. Leurs parfums colorés explosent de partout. Elles s'offrent, épanouies, aux jeunes narines gourmandes. Elles nous ouvrent les sens. Les respirer m'enchante.

Des enfants nus jouent au ballon. Leurs petits cris aigus courent sur le gazon central, qui fait face au parking. Sur leur gauche, un bâtiment en briques pourpres est éclairé, de jour comme de nuit, par un néon blanc accroché au-dessus de la pancarte en vieux chêne rouge, l'arbre le plus répandu dans le New Jersey, sur laquelle est maladroitement gravée au couteau, l'inscription *Public Showers*. Sous le seuil, trois jeunes femmes assises en tailleur, leur t-shirt relevé et découvrant leur poitrine à l'air libre, donnent le sein à trois nourrissons. Elles doivent avoir vingt ans, pas plus. Debout, un homme aux lunettes rondes les contemple. Je m'adresse à celle du centre, brune, élancée sous ses longs cheveux raides et noirs, et qui, malgré sa taille fine, m'obstrue le passage :

– Bonjour. Quel beau bébé. J'adore les petits eurasiatiques. Félicitations !

– Oh, celui-ci n'est pas le mien. Je dépanne ma copine qui est partie s'amuser en ville.

– Ah, ça ne fait rien. Il est très beau quand même. Puis-je entrer ? J'aimerais me décrasser. Vous permettez ?

– Bien sûr. Excusez-moi. Je finis à l'instant. La petite est repue. Toute apaisée. Regardez ses lèvres en forme de cœur. Sa petite bouche sourit et ses mains engourdies se décrispent et relâchent mon sein. Elle ferme les yeux et va s'endormir. Si ça ne vous dérange pas, pouvons-nous attendre quelques minutes ? Le temps qu'elle soit complètement tombée dans les bras de Morphée. Et je vous accompagne. Je vous aiderai à vous laver. Je frotte très bien le dos, vous savez. Je sais être douce et vigoureuse quand il le faut.

La petite endormie, elle se retourne et s'adresse à l'homme aux lunettes rondes :

– John, peux-tu tenir Yoko s'il te plaît ?

Elle se lève et m'invite à la suivre dans le local mal éclairé. Les murs sont humides. On se déshabille. Elle saisit un tuyau qu'elle suspend au crochet en-dessous du plafond de paille. Elle tourne de gauche à droite, dans le sens des aiguilles d'une montre américaine, le robinet au centre de la paroi. Et nous passons sous le jet d'eau encore tiède. J'ai la chair de poule. Elle aussi. Nos tétons pointent sous le ruissellement du liquide presque transparent, qui tarde à se réchauffer. Puis tout naturellement, nous nous savonnons l'un l'autre.

Au bout de quelques minutes, nous sortons de cette douche improvisée. La jeune femme me tend une serviette. Et nous nous séchons vigoureusement, comme elle l'avait annoncé.

– Je m'appelle Ursula.

– Moi, c'est Teddy. Enchanté. Euh, vous accueillez de la sorte tous les visiteurs ?

– Ça dépend s'ils me plaisent ou pas. Mais Moon veille à ce que l'on satisfasse chaque hôte qui pénètre dans notre enceinte.

Notre discussion tourne court. Nous sommes interrompus par Marlène qui arrive, toute souriante. Les deux femmes se saluent, en s'embrassant à pleine bouche, et je dois vous l'avouer, de façon embarrassante. Ensuite, Marlène m'invite à la suivre vers le Nord, pour rejoindre l'immeuble principal.

Sur le perron, un grand homme dans un kimono orange et au sourire narquois sous son crâne rasé, nous invite à entrer dans le vestibule éclairé à la bougie, et nous prie de nous asseoir sur les fauteuils en rotin tressé, tout au fond de la pièce. Comme deux boxeurs qui montent sur un ring, nous nous toisons d'un regard intense et méfiant, avant de nous saluer d'un signe de la tête, certes respectueusement, mais quand même froidement. Un silence de plomb s'installe. Glacial comparé aux manifestations chaleureuses reçues jusqu'à présent de toute la communauté hippie. Gêné, je décide de le rompre en prenant la parole :

– Merci. Merci de votre accueil. Marlène m'a beaucoup parlé de vous. En bien. Mais je dois vous avouer que je suis intrigué. Puis-je vous poser une question ?

– Tu t'appelles Teddy, c'est ça ?

– Oui. Ou Ted. Comme vous préférez.

– Moi, c'est Moon. Ici Teddy, tout le monde se tutoie. Et oui, bien sûr, tu peux nous poser toutes les questions qui te passent par la tête.

– Merci. Je voulais savoir comment... comment faites-vous, enfin, comment fais-tu, Moon, pour rassembler autant de personnes de races différentes ? Comment faites-vous pour vivre libres ? Et pour être si nombreux ?

– C'est simple, Teddy. Et en même temps, ce fut long. C'est un très long processus qui prend beaucoup de temps. On a commencé par enlever quelques bébés. On s'est arrangé avec leurs mères. On a tout organisé pour qu'elles ne déclarent ni leur grossesse, ni les naissances. Elles ont accouché secrètement, avec notre aide. Et on a enlevé, avec leur complicité bien évidemment, les nouveau-nés. Et puis, on a kidnappé de nuit, dans les étables, quelques femmes. Pour les sauver. On a également chassé des hommes dans les champs. On les a attrapés avec des lassos, en galopant sur nos chevaux. Nous avons ainsi pu prendre de vitesse les gardiens qui n'avaient pas de monture.

– Je vois. Et comment fais-tu pour protéger la communauté ?

– On cultive les champs et on donne une partie de notre récolte aux villageois et aux notables de

Hackettstown. Même au maire et à la police locale. Les femmes enceintes leurs offrent spontanément du lait. Et nous les invitons à venir faire l'amour avec notre communauté. Je dois dire que le maire et les vieux notables en raffolent. Ils réclament toujours plus de chair fraîche. Aussi, le fait que notre démographie explose ne leur pose aucun problème. Ils n'ont que l'embarras du choix. Et ils ne s'attardent absolument pas sur la couleur de peau des nouveaux arrivants. Bien au contraire ! Donc, tout le village est avec nous. Et puis, sur les neuf mille habitants que compte la bourgade, notre communauté de plus de mille végétaliens est devenue indispensable. Sur le plan de l'alimentation, d'un point de vue social et sexuel, et pour dynamiser la petite ville.

Enfin, et pour conclure ma démonstration, rappelle-toi cet été, une fusillade de masse a eu lieu en plein centre-ville. Les journaux locaux, régionaux et nationaux ont tous parlé de ce jeune de vingt ans, diplômé du lycée de Hackettstown, un ancien *U.S. Marine*, Emile Pierre Benoist, qui a tiré au hasard sur les voitures qui passaient. Et ce pendant plus de quatre heures. Bilan : ce fou furieux a tué six personnes. Heureusement, nous sommes intervenus. Et nous avons pu empêcher la suite du carnage. Je lui ai parlé de l'amour puissant tout autour de lui. Je lui ai montré les plus jolies jeunes filles de notre grande famille. Je leur ai même demandé de se dévêtir et de danser pour lui. Elles ont captivé son regard et occupé ses esprits. Il s'est éloigné de la route. Il a fini par se calmer. Il s'est mis à pleurer. Avant de retourner, heureusement contre lui, son fusil de précision.

Paf ! Et cette intervention a fait de nous, mon cher Teddy, des héros nationaux. Imagine combien d'innocents il aurait continué à abattre si nous ne l'avions pas détourné de sa folie meurtrière ? Aussi, je vois mal quelqu'un venir nous chercher des poux. Il aurait tout le village, les médias et la presse à dos.

– Mais Moon, on ne peut tolérer que des femmes enceintes, ou des jeunes mères, tirent leur lait et le donnent aux notables ou aux personnalités influentes. On ne peut accepter que des jeunes filles se dévêtissent ou fassent l'amour juste pour préserver la vie paisible dans ce village. Cela porte un nom : c'est l'exploitation des femmes faibles au profit des puissants. Cela ressemble même à une certaine forme de proxénétisme.

– Tu deviens trop réactionnaire, *Mister* Teddy. Attention que tout cela ne se retourne pas contre toi.

Marlène, qui a senti la discussion se tendre, vient y mettre un terme :

– Ted ? Il se fait tard… Tu viens ? La couchette dans mon camion nous attend.

– Euh, d'accord Marlène. J'arrive. Moon, si tu veux bien m'excuser ?

– Pas de souci, Teddy. Nous reprendrons cette conversation quand tu le souhaites. Mais à huis clos. Je ne voudrais pas que des fidèles de notre communauté puissent t'entendre. Et en attendant, si tu veux un bon conseil… Ferme-là !

J'ai salué Moon et pris congé. Puis, tels deux aimants électromagnétiques, deux amants s'aimant fort, deux corps assoiffés de désir, nous nous éclipsons dans le noir, sans clair de lune, loin du regard de Moon et des autres. Dans cette obscurité, nous montons, comme la fréquence des battements de nos cœurs, tout au sommet de la cabine du camion. Marlène s'est déshabillée. J'ai fait de même. Mais je suis resté coincé dans le *jean* marron à pattes d'éléphant, allongé sur la couchette du *Freightliner*. Sans me laisser le temps de finir ce striptease, Marlène s'est frottée à moi. Bien sûr, nous nous sommes enlacés. Bien sûr son amour et sa peau sont plus doux que la soie. Et si la vie ne dure pas, je peux vous assurer que quand les mains et mon corps ébloui ont frôlé les deux gros seins de ma nouvelle amie, rien n'est devenu aussi dur que le pli, au centre du velours côtelé de l'habitacle marron, serré autour de mon appendice qui donne la vie. Je comprends maintenant pourquoi les hommes se mettent à croire en Dieu, à glorifier ses miracles et à avoir la foi. Car les instants intimes que j'ai passé avec Marlène sont magiques. Les fidèles appellent cela le paradis. L'extase divine d'une apparition. La beauté à l'état pur. La nudité de la vierge face à la nullité de la verge. De quoi vous remettre tout en place. Mais pas que les organes. Les idées aussi.

– Tu y es allé un peu fort, avec Moon, tout à l'heure.

– Tu crois ?

– Oui. Je le connais. Son visage s'est crispé. Je pense qu'il t'en veut. Que tu lui as fait peur. Et qu'il ne va pas en rester là. Pour toi, mieux vaudrait filer tant qu'il est encore temps.

– Cette nuit ?

– Oui, tout de suite.

– Mais… et nous ?

– Nous, ce n'est rien. C'était sympa. Mais sans lendemain. C'est ça la vie, ici. Tu fais ce que tu sens. Quand tu le ressens. Et avec qui tu veux. Mais sans sentiment. Il ne faut pas s'attacher.

– Je croyais…

– Tu ne dois pas croire. Il n'y a que les bigotes et les fanatiques religieux qui croient. Pendant ce temps, nous, on vit ! Tiens, je te laisse les clefs du camion. Vas-y. Et n'oublie pas qu'ainsi va la vie. Et le plaisir aussi.

– Marlène, je crois que je t'aime. Enfin, que je suis tombé amoureux de toi.

– Allez, grand sot, relève-toi. Et prépare-toi pour le grand saut. Il faut que tu y ailles. Tu sais conduire un bahut ?

– Oui. Enfin, je crois…

J'essaye de démarrer l'engin, mais je cale à plusieurs reprises.

– Pousse-toi mon vaillant Che Guevara. Je vais t'ramener chez toi.

– Merci Marlène. Merci de tout ce que tu fais pour moi.

– C'est ma nature. Je suis serveuse. Une serveuse serviable. Moon nous a appris à être serviables. Mais non corvéables à merci.

– Ne me parle plus de ce gourou qui vous exploite. Si c'est ça être végétalien, je ne vois pas où est le progrès. Ni quelle est votre pseudo-liberté. Il a détourné la tyrannie des blancs à son profit.

– Peut-être. Mais on l'kiffe, nous, notre Moon.

– Et vous l'aimez jusqu'à quel point ? Vous

couchez avec lui ?

– Tu es jaloux ?

– Non. Enfin, oui. Mais j'ai surtout l'impression qu'il vous manipule.

– Ce n'est pas beau d'être jaloux, Ted. Et puis, ça sert à rien. Ça ne mène nulle part.

– Facile à dire. Et si c'était l'inverse ?

– Toi, coucher avec Moon ? Et pourquoi pas ?

– Non, moi coucher avec vous toutes. Et à n'importe quel âge. Ah, c'est vraiment trop dégueulasse. Comment pouvez-vous accepter une chose pareille ? Comment des mères peuvent-elles donner leurs filles ?

– C'est le don de soi. C'est l'amour à l'infini. Sans retenue. C'est la pureté de la foi. C'est être serviable. Tout donner à l'autre. Rien n'est plus beau.

– Rien n'est plus beauf, oui. C'est tellement con. Et destructeur. Vous avez pensé une seconde aux dégâts que vous vous imposez ? Aux saletés que vous laissez commettre sur les propres chairs de vos chers ? Vraiment Marlène, votre aveuglement m'atterre. Je suis consterné et révolté. Vous contraindre à faire l'amour avec les vieux du village.

– Mais personne ne nous contraint. Nous aimons faire l'amour !

– Ah oui. Et les enfants ? Tu ne vas pas me dire qu'ils ont assez de recul pour savoir s'ils aiment ou pas. Tout cela me dégoûte. Et me révolte.

– Comme tu y vas fort, Ted. J'ai bien fait de t'emmener avec moi, loin de la communauté. Ils t'auraient lynché.

Notre discussion est interrompue par les sirènes stridentes de deux motards de la police, qui nous font signe, du haut de leurs Harley Davidson, de nous ranger sur le côté de la route. Marlène obtempère et ouvre sa fenêtre :

– Il y a un problème, Monsieur l'Agent ?

– Sortez du véhicule. Tous les deux. Les bras en l'air. J'ai dit : les mains en l'air ! A plat ventre contre le capot. On ne bouge pas. Ouvrez les jambes. Toi aussi, la catin. Allez, on écarte. Plus fort.

– Sergent, vous avez pu récupérer et vérifier leurs papiers ? Permis de conduire, identités, certificat de propriété du camion, assurance ?

– *Yes Captain*, tout est en ordre.

– Euh, que se passe-t-il, Monsieur le Policier ?

– Vous rouliez beaucoup trop vite, M'dame.

– Mais on était bien en-dessous de la vitesse maximale autorisée : on n'a jamais dépassé les *fifty miles*.

– Toi, Monsieur… Monsieur ?

– Murrey. Ted Murrey.

– Toi, Murrey machin chose, on t'a pas sonné.

– Allez, on l'embarque. Sergent, passez-lui les menottes, à ce machin truc, en attendant que la voiture du shérif arrive.

– Bien mon capitaine.

– Mais je n'ai rien fait. Je n'étais pas au volant.

– Murrey ? Teddy Murrey, c'est bien ça ?

– Ou Ted, comme vous préférez.

– Eh bien, p'tit con, je préfère ce qu'il y a d'écrit sur tes papiers : Mr. Teddy Murrey. Né dans l'Etat de New York, à NYC, au nord de Manhattan, plus précisément dans le Bronx, le 1er septembre 1961, de Nick Murrey (père) et de Brenda Murrey, née Cushing (mère). Et aucun doute, tu corresponds parfaitement au signalement communiqué par le conseiller du Président. On a pu retrouver ta trace suite à l'appel de la police locale. C'est la brigade d'intervention de Hackettstown qui nous a signalé la direction prise par votre camion, le modèle et la marque, un *White Freightliner Conventional*, sa couleur jaune avec les bandes marron, et enfin, la plaque d'immatriculation. Tout matche, à la virgule près. Si ce n'est que tu fais beaucoup plus que ton âge.

– Mais que me reproche-t-on ?

– Tu es un activiste, un sale révolutionnaire. Un dangereux hippie végétalien à la con. Qui excite les humains sauvages et colorés. Et qui les pousse à la révolte. On va te mater en tôle, tu vas voir…

J'ai compris que Moon n'avait pas attendu pour agir. En plus d'exceller en manipulateur qui joue sur la crédulité des femmes et des plus faibles, de se comporter en pervers narcissique et sexuel, d'être un pédophile et un proxénète qui se prend pour Dieu, c'est un collabo délateur !

Marlène avait raison. On s'est cassé trop tard. On aurait mieux fait de partir tout de suite au lieu de se prendre dans les bras et de faire l'amour.

Mais bon, rien ne l'aurait empêché de nous suivre quand même, et de nous balancer aux flics.

J'ai envie de lui refaire sa face de *Moon*. C'est clair. Et de la mettre au grand jour, cette face cachée. Sous les projecteurs. En plein clair de lune. Pour que la communauté sache à qui elle a à faire. Et qu'elle comprenne que ce Moon est un dangereux mo(o)narque. Pour cela, faudrait qu'j'arrive à m'casser d'ici. Je pourrais tenter de profiter de l'absurde petite longueur d'avance que j'ai sur mes gardiens. Car ce gros ballot de sergent a oublié à côté de moi tout son trousseau de clefs, y compris celles de la serrure qui est censée cadenasser mes menottes.

Alors j'ai une idée. Pendant que les deux policiers bavardent et nous tournent le dos, si je demandais à Marlène de m'aider. Si elle parvenait à détourner l'attention de mes gardiens, je pourrais tenter la fuite.

Je m'approche d'elle et lui chuchote dans le creux de l'oreille : « Marlène, peux-tu distraire ces flics ? En leur faisant un striptease, tu sais, comme ce que Moon avait demandé aux jeunes filles de la communauté pour détourner le tueur fou ? J'en profiterai pour me casser sur une de leurs bécanes, après avoir crevé les pneus de l'autre et ceux du camion. Il faut absolument que je puisse reprendre ma liberté. Que je reparte là d'où je viens. Toi, tu peux rester ici. Tu ne risques rien. Tu es pro-Moon. Et en plus, il t'a à sa botte. Les flics te relâcheront. Aide-moi à m'enfuir. Fais ça pour moi, *please*. »

Elle se penche vers moi, mets ses cheveux en arrière, et me répond tout bas : « Pas besoin de me supplier, grand jaloux va ! »

Et elle s'exécute. Elle se lève sur ses escarpins à talons aiguilles. Comment fait-elle pour conduire un bahut avec de telles chaussures ? Elle marche en se déhanchant vers les deux policiers. Elle leur fait face maintenant. Elle leur lance sûrement son large sourire aguicheur. D'où je suis, je peux presque deviner son regard coquin tandis qu'elle commence à se déshabiller, à dégrafer sa robe noire en ondulant lentement devant eux.

Je dois faire vite. En retenant ma respiration, afin d'être le plus silencieux possible, j'ouvre avec précaution la serrure, puis défais doucement les menottes, que je pose délicatement sur l'herbe. Je me lève sans faire de bruit et me dirige vers les véhicules en serrant le trousseau dans ma main droite. Et à l'aide de la fine pointe de la clef la plus longue, je crève les deux pneus de la Harley du capitaine, avant de me retourner et de donner des coups secs, répétés mais assourdis dans la gomme des six roues du camion.

En silence et sur la pointe des pieds toujours, j'enfourche l'imposante moto du sergent. Je mets la clef au contact. Et *vroum*. Dans un vacarme étourdissant et reconnaissable entre mille, propre au fracas pétaradant des gros cylindres des Harley Davidson, je démarre sur les chapeaux de roues. Sans me retourner. Sous les coups de feu nourris des revolvers.

Je fonce en direction de Manhattan. Je veux rentrer chez moi dans le Bronx. Me planquer et faire le point. A mes trousses, j'ai la moitié des forces de police du New Jersey. Avec la radio de la seconde Harley, le capitaine et le sergent se sont empressés de rameuter toute la cavalerie.

Je roule à tombeau ouvert et prends un maximum de risques pour tenter de leur échapper.

En remontant la River Avenue vers Riverdale, à hauteur du numéro 836, je passe devant les restes d'une maison qui a subi une importante déflagration, non loin du stade des Yankees. Poursuivi par une meute de sirènes, je ne ralentis pas en tournant à droite pour emprunter ma rue. Et donc, la moto tangue. Dangereusement. Le pot d'échappement cogne le trottoir. Je manque de m'étaler.

Fort heureusement, la grosse Harley finit par se redresser. Et j'arrive à freiner juste devant la porte d'entrée de l'immeuble. Je passe la jambe droite par-dessus la selle et lâche le guidon de la moto qui s'écrase comme une masse sur l'asphalte noircie par les traces de freinage. Je cours dans le hall d'entrée. J'ai juste le temps de me faufiler entre les portes coulissantes de l'ascenseur qui ne voulait pas m'attendre. Je suis dans l'obscurité totale. Les portes se sont complètement refermées tandis que la cabine se meut.

Je ferme les yeux, respire profondément et repense à Marlène.

Dehors, depuis le couloir, on entend, à peine étouffée, sa voix suave. Elle me susurre cette belle ballade de Stevie Nicks, la chanteuse de Fleetwood Mac, sans doute écrite et composée pour nous. Marlène me la renvoie à travers la cage de l'ascenseur :

« Et tu es reparti maintenant
Tu dis que tu veux ta liberté
Qui suis-je pour te retenir ?
C'est tout à fait normal que tu
Fasses ce que tu ressens

Mais écoute bien le son
De ta solitude

Comme un battement de cœur qui te rend fou
Dans l'immobilité du souvenir
Ce que tu avais
Et ce que tu as perdu...
Et ce que tu as eu...
Et ce que tu as perdu. » (Discographie : 13.)

https://www.youtube.com/watch?v=Y3ywicffOj4

7

TORTURE ET PROSTITUTION

– Il ne devrait plus tarder maintenant. J'entends l'ascenseur qui monte. D'après l'altimètre de contrôle que nous avons placé dans la cabine, il va s'arrêter au septième étage. Atari, pouvez-vous aller le chercher, s'il vous plaît ? Et faites vite. Il ne faudrait pas qu'on le perde.

– Bien sûr, Monsieur le Professeur. J'y vais de suite.

– Merci Atari. Pendant ce temps, mes hommes et moi préparons son comité d'accueil.

La cabine d'ascenseur ralentit et s'arrête. La diode affiche le numéro 7. J'entends des pas de course dans le couloir. Je me tiens prêt à bondir.

Les portes coulissantes s'ouvrent sur la lumière verdâtre du hall. Et face à moi, un jeune japonais un peu joufflu, avec au sommet de son crâne chevelu une queue de cheval qui me fait penser à un pompon tant elle est touffue en se repliant sur elle-même, essoufflé d'avoir couru, le regard bridé mais sérieux, avec tous les traits du visage crispés, me fait signe de sortir :

– Nous vous attendions, Teddy. Suivez-moi. Il ne faudrait pas que vos poursuivants nous rattrapent.

– Qui êtes-vous ? J'ai cru entendre tout à l'heure une voix de femme, celle de mon amie, Marlène...

– Je ne connais aucune Marlène ici. Je m'appelle Atari.

– Comme mon chat ?

– Je ne savais pas que vous aviez un chat.

– Oui, j'en ai un. Et cela fait bien longtemps d'ailleurs que je ne l'ai plus vu. J'espère qu'il va bien. Et qu'il se nourrit.

– Il est sûrement bien soigné. Du personnel est prévu à cet effet. Nous demanderons plus tard aux hommes du professeur.

Nous arrivons. Le comité d'accueil est déjà en place.

* * *

– Bien. Atari, vous l'avez trouvé ? Monsieur Murrey, je suppose ?

– Oui, c'est bien moi. Teddy. Teddy Murrey. Et vous, Monsieur … ?

– Appelez-moi Professeur. Nous vous attendions avec impatience, Monsieur Murrey. Je dois vous avouer qu'avec la pénurie actuelle, nous manquons sérieusement d'hommes. Nous avons fort à faire. Ceux qui résistent se comportent en véritables bourreaux de travail, pour compenser nos pertes. Beaucoup n'ont pas supporté les rires des autres. C'est dingue ce que c'est contagieux, un fou rire. Nous avons appris cela dans les cachots du Viêt Nam. Et malheureusement, on peut même en mourir. Dans d'atroces souffrances.

– Ah bon ? Je pensais que mourir de rire n'était qu'une expression ?

– Et d'où pensez-vous que les expressions naissent, si ce n'est du vécu ?

– Je n'y avais jamais songé.

– Eh bien, pensez-y. Et tâchez à l'avenir de ne pas l'oublier. Cela vous permettra d'épargner des vies. Et qui sait, de vous sauver vous-même. Venez, Monsieur Murrey, suivez-moi. Je vais vous présenter à l'équipe.

Une fois les présentations faites, Atari m'accompagne dans mes quartiers. L'appartement de fonction est juste dans l'immeuble en face du mien. En fait, ce que je pensais être un entrepôt, ou un vieil hangar désaffecté, et que j'apercevais au travers des vitres opaques et brun sale de ma chambre, s'avère être un somptueux complexe, hyper moderne à l'intérieur. Le personnel est tout de blanc vêtu. Comme dans une clinique privée. La chambre qui m'est attribuée se situe au septième étage. Il n'y a pas de fenêtre mais des meurtrières, à l'image des châteaux, qui laissent passer une lumière filtrée venant de l'extérieur. En collant le visage contre l'ouverture, je distingue mon immeuble en face. D'ici, je peux même voir ma chambre. Ou plutôt, je la devine à travers la saleté marron qui obstrue sa fenêtre. Telle une courtine, le mur en briques en face de mon appartement est construit entre deux tours rectangulaires qui abritent, je l'apprendrai plus tard, les salles de torture.

– Atari ?

– Oui Teddy ?

– Qu'est-ce que le Professeur a bien voulu dire par « bourreaux de travail » tout à l'heure ?

– C'est qu'on manque cruellement de main d'œuvre. Il y a de plus en plus de prévenus internés. Et il faut les interroger. De façon musclée, en faisant travailler les zygomatiques, si tu vois ce que je veux dire.

– Non, désolé Atari, je ne vois pas.

– Ted, si on t'a fait venir ici, c'est parce que tu es un grand comique.

– J'vois toujours pas l'rapport.

– Tu n'es pas au courant ?

– Et au courant de quoi ? Enfin Atari, bon Dieu ! Vas-tu cesser de parler de façon énigmatique ? Tu ne fais pas avancer les choses. Et ça n'a rien de drôle.

– Justement si. Tu es drôle. Naturellement. Tu fais rire les gens. Nous payons les comiques à prix d'or, ici. Et nous les faisons venir des quatre coins du monde.

– Mais alors, pourquoi en manquez-vous, pour reprendre tes termes, si « *cruellement* » ?

– Beaucoup ne supportent plus de devoir torturer les prévenus. Alors ils démissionnent et s'en vont. D'autres, pris dans la spirale infernale du fou rire, se mettent à rigoler avec les détenus. Et cela peut leur être fatal.

– Tu veux dire que vous employez des comiques pour torturer les gens ? Nous serions des bourreaux du rire ?

– Oui. C'est exactement ça.

– Mais, c'est impossible. Rire ne fait pas mal. Et l'humour n'a jamais tué personne !

– C'est là que tu te trompes, Teddy. On peut même mourir de rire, si la blague est vraiment bonne. Rappelle-toi les propos du Professeur.

– Donc, si j'ai bien compris, vous torturez les prisonniers qui ont commis des délits, vous les questionnez afin de mettre à jour des secrets ou obtenir des informations ? Vous utilisez le rire comme arme secrète dans vos interrogatoires ?

– Tu as tout saisi, Ted. Nous sommes constamment à la recherche de la Vérité. Et c'est là que les comiques comme toi interviennent. Au cours des interrogatoires, la justice et la police ont besoin de spécialistes du rire pour comprendre les crimes et faire avancer les dossiers d'inculpation. Voire éviter de nouveaux drames.

– Mais c'est monstrueux de détourner ainsi l'humour et les blagues.

– Ted, dans notre coin de civilisation, on fait la guerre, pas l'humour. N'as-tu pas remarqué l'absence de sourire tout autour de toi ? Tous les visages sont ternes. Consternés. Personne ne se laisse aller à une néfaste décontraction, sous peine d'en souffrir atrocement. Nous contrôlons chacun de nos faits et gestes. Pour éviter la tentation aguicheuse d'un sourire trop douloureux, empêcher la défiguration par le relâchement musculaire, et enfin, échapper au fou rire mortel.

– En fait, vous faites de moi un assassin.

– Mais non, tu exagères, Ted. Tes séances comiques se déroulent sous contrôle médical. Tu seras assisté en permanence d'un médecin, pour éviter que le prévenu ne nous claque entre les mains. Le docteur n'hésitera pas à lui prescrire et lui administrer des dépresseurs, afin de le rendre à nouveau triste. Et l'interrogateur a pour ordre de tout arrêter quand le médecin lui fait signe.

– Qui est cet investigateur ?

– Un policier ou un magistrat. Tout dépend si le prisonnier est simplement prévenu, inculpé ou déjà coupable.

– Et si je refuse de faire rire ?

– Tu ne peux pas. Ce serait signer ton arrêt de mort.

Allez, viens. Ne fais pas cette tête. Tu verras, tout se passera bien. Et puis, tu sais, tout le monde t'envie. Tu as un des jobs les mieux payés au monde !

Atari me conduit dans le restaurant, ou plutôt, au mess des officiers comiques, situé au dernier étage de ce complexe moderne et high-tech, appelé par tous le Centre Comix.

Je reconnais le parfum délicat de la cuisine italienne. Nous nous installons à une table en terrasse, perchée au-dessus des toits des immeubles voisins. Une nappe blanche en coton de luxe recouvre chaque table. Le mobilier en aluminium et au design nordique est réchauffé par le bois foncé de la terrasse en tek.

Autour de nous, quelques comiques attablés seuls. Ou entourés de jolies femmes. Vraisemblablement toutes des *callgirls*. Auxquelles nous avons droit. Cela fait partie du contrat et de nos émoluments.

Et surtout, un impressionnant ballet de serveurs. On se croirait dans un somptueux hôtel cinq étoiles. Entièrement privatisé pour nous. Pour les stars que nous sommes. De par notre profession très prisée, en vogue, mais qui demande un tel charisme que les heureux élus ne sont pas légion. Nous, les comiques, de plus en plus médiatisés. Trop. Puisque chacune de nos interventions est filmée et retransmise en direct à la télé. Richissimes. Courtisés de tous. Pour ne pas dire adulés.

Quand nous marchons dans la rue, nous sommes facilement reconnaissables dans nos costumes de clowns. Il est impossible de faire trois pas dehors sans être interpellés. Dans le bon sens du terme. Non pas par la police. Mais par les paparazzi et un public de fans hystériques.

Les gens nous demandent des autographes en nous suppliant de ne pas ouvrir la bouche. Nous évitons de les regarder et de leur parler, pour ne pas provoquer des éclats de rires. Qui peuvent être tranchants.

* * *

Depuis quatre semaines que nous bossons ensemble, Atari me suit comme mon ombre. Je partage maintenant avec lui la même vision sur les séances de torture. Elles le révoltent autant que moi. Nous sommes obligés d'obtempérer. Mais nous rêvons secrètement à un nouveau futur où le rire ne ferait que du bien. Atari est devenu rapidement non seulement mon imprésario, mais surtout mon ami, mon confident. Un peu comme mon humain de compagnie. On ne se lâche pas d'une semelle. Et ce vendredi soir, nous dînons sur les toits du Bronx.

– Alors Atari, parle-moi un peu de toi. De ta vie intime. Tu ne m'as présenté encore aucune amoureuse ?

– Attends Ted. Tu as remarqué les deux filles qui n'arrêtent pas de nous mater ? Là, la grande adolescente à la peau noire et aux longs cheveux lisses, juste à la table d'à côté !

Je regarde Atari profondément dans les yeux. Je n'y avais décelé aucune étincelle jusqu'à cet instant. Là, ses iris brillent comme les étoiles un soir de ciel limpide. Je jette un œil à la belle brindille, cette jeune *black pearl,* replonge dans les prunelles médusées d'Atari, et je ne sais pas pourquoi, je repense à 1f675, et je me mets à chanter pour mon ami et à tue-tête cette autre tube du groupe suédois :

« Ooh
Tu peux danser
Tu peux blaguer
T'amuser comme un fou
Ooh, vois cette fille
Regarde cette scène
Pêche ta reine de la danse

Vendredi soir et les lumières sont faibles
On cherche un endroit où aller
Où ils jouent de la bonne musique
Mets-toi dans le bain
Elles viennent chercher un roi
N'importe qui peut être ce type
La nuit commence et la musique s'élève
Avec un bon tempo rock
Tout ira bien
Vous êtes d'humeur à danser
Et quand tu en auras l'occasion
Elle sera ta reine de la danse
Jeune et douce
Seulement dix-sept ans
La reine de ta danse. » (Discographie : 14.)

https://www.youtube.com/watch?v=xFrGuyw1V8s

Atari est gêné. Livide même. Sa peau a pâli comme le soleil filtré par les nuages à l'aube.

– Chaton… Tu en veux une, Atari ? C'est facile. Je n'ai qu'à leur faire signe.

– Non, attends…

– Trop tard.

Et je hausse la voix en direction de nos voisines :

– Venez vous joindre à nous, chères *Ladies*.

– Bonjour.

– Bonjour. Moi c'est Ted. Et mon ami, c'est Atari.

– Je m'appelle Camille.

– Et moi, Marlène.

A son tour, mon visage blêmit. Je reconnais de suite Marlène. Je ne l'avais pas vue tout à l'heure, car elle nous tournait le dos.

– Marlène. Toi, ici ? Mais comment est-ce possible ?

– Je n'ai pas pu résister à l'envie de te rejoindre…

– Eh bien, je ne te quitte plus. C'est promis.

– Teddy, ne fais pas des promesses que tu sais pertinemment bien que tu ne pourras pas tenir.

– Vous vous connaissez ?

– Euh, oui Atari. Dans un autre espace géo-temporel. Mais ce serait trop long à t'expliquer.

Ensuite, Marlène et moi prenons congé de Camille et d'Atari, trop content de se retrouver seul avec la belle grande asperge, aux traits élégants et si fins, caractéristiques de son origine éthiopienne.

– Camille, depuis que je vous ai vue, je suis tombé sous le charme.

– Arrêtez, Atari, vous me faites rougir.

– C'est plutôt moi qui deviens « soleil levant ». Que faites-vous ici, Camille ?

– Vous voulez dire, au Comix ?

– Oui, en fait, dans le cercle fermé du mess.

– C'est mon job. J'accompagne les comiques qui me demandent.

– Vous êtes une *escort girl*, quoi ?

– En quelque sorte... Si l'on veut. Bien que je sois salariée. Je suis payée par la Fédération du Comix. Employée au mois.

– Ah bon ?

– Vous aussi, Atari, vous me plaisez.

Et Atari passe du pamplemousse rosé à l'orange sanguine. Il devient rouge. Très rouge. Cramoisi, en fait. C'est incroyable de constater que les Asiatiques aussi peuvent rougir. Ce n'est vraiment pas l'apanage exclusif des Blancs.

– Excusez-moi. J'ai un coup de chaud.

– Nous pouvons nous rendre dans votre chambre, si vous le souhaitez ?

– Euh, c'est-à-dire que... Euh, j'habite dans l'appartement de Ted.

– Cela n'a aucune importance. J'ai tout de suite remarqué que vous n'étiez pas comique.

Ce coup-ci, c'est Camille qui rougit. Comme la braise au centre du bois brûlé. C'est incroyable de constater que les Afro-Américaines rougissent également. Nous serions donc tous frères et sœurs de peau, face à l'amour naissant, au coup de foudre et aux coups de sang, aux accélérations du cœur, ou encore, aux émotions palpitantes ?

– Je voulais dire, Atari, que l'on peut très bien aller chez moi. J'occupe une petite chambre de fonction, au premier étage.

– Euh, avec plaisir, Camille.

– Bien. Suivez-moi. Prenez-moi par la taille. Faites comme si vous étiez client.

* * *

Quand Marlène et moi regagnons le mess, notre table est vide. Camille et Atari l'ont désertée depuis un bon moment.

Nous nous asseyons et commandons deux desserts. Des pancakes au Nutella pour moi. Délicieux mais pas autant que ceux que maman me préparait. Et pour Marlène, une coupe de fruits rouges avec de la chantilly. Mais elle mord d'abord dans ma crêpe et la moustache de chocolat qui souligne le pourtour de ses lèvres me rappelle celles de 1f675.

Je la regarde manger les fraises avec les doigts. Elle les prend une à une. C'est très sensuel quand elle la pose entre ses lèvres charnues. Et que d'un coup de langue, elle récupère la chantilly qui déborde tout autour de la bouche.

C'est fou ce que Marlène ressemble à 1f675. C'est évident. Tellement flagrant que je me suis auto-persuadé qu'elles ne sont qu'une seule et même personne.

Ce soir, elle est plutôt décontractée. Elle porte un *jean* bleu délavé qui finit en pattes d'éléphant, un large t-shirt blanc ras de cou de la célèbre marque du Kentucky, *Fruit of the Loom*, et des baskets *Stan Smith*.

* * *

Stanley Roger Smith est né le 14 décembre 1946 à Pasadena. C'est un grand joueur de tennis professionnel, un américain très british avec ses moustaches d'aviateur. Il est l'un des cinq meilleurs joueurs au monde, enchaînant les services-volées dans cette première moitié des années soixante-dix, en simple comme en double. Et ce *Gentleman Stan* vient de signer un contrat mirobolant avec la marque Adidas.

* * *

– Alors, Marlène, raconte-moi. Tu es toujours dans le New Jersey. Avec Moon et la communauté ?

– Oui. Toujours. Tout est pareil. On vit librement et on cohabite avec les villageois. Mais toi, tu as changé, Teddy. Tu as mûri. On dirait que tu as vieilli de dix ans.

– Eh bien ! C'est sympa. Merci du compliment. Comment ça, j'ai « *vieilli* » ?

– Oui, ce doit être tes tempes grisonnantes qui tirent maintenant franchement vers la neige. Aussi, tes cheveux poivre et sel n'ont pas pu résister au temps qui passe. Tu en as perdu beaucoup. Tu fais dans les quarante. Mais ça te donne encore plus de charme.

– Et j'ai pris dix ans !?

– Ben oui, ça doit bien faire ça, non ? Je plaisante. Un mois à tout casser. J'attendais mes congés de fin d'année. Je comptais les jours. Et une trentaine de soleils se sont levés depuis que tu as quitté notre petit village et nos tentes de hippies, perdues au fin fond de la bourgade de Hackettstown. Mais sérieusement, Ted, tu as mûri et embelli. Tu fais début de quarantaine. Et ça te va plutôt bien. T'es plus du tout folk. Mais très rock'n'roll. Et ça plaît aux p'tites femmes des sixties et celles des années folles.

– Marlène, à quand remonte le match de qualification des Yankees contre les Red Sox de Boston, qui a été déterminant pour leur première place en ligue américaine ?

– Tu veux parler de leur courte victoire, cinq à six, le 14 juin 1977 ? Ou du 14 septembre, sur le score sans appel de deux à zéro ? Après deux heures vingt-trois d'un match incroyable de Reggie Jackson.

– Et la finale de la Série Mondiale contre les Dodgers de Los Angeles ?

– Je sais. Je sais. C'était du 11 au 18 octobre 1977. Depuis, on a donné à Reggie le surnom de Monsieur Octobre. Cherchez pas, *Mister* Murrey. Ça fait bien un mois qu'on ne s'est pas vu.

– Je ne connais qu'une seule femme qui soit incollable en baseball. Marlène, c'était toi hein, 1f675 ? Allez, avoue !

– Je ne vois pas du tout où tu veux en venir. C'est quoi ce truc, 1f et les autres chiffres à la mords-moi l'nœud, un code ?

– Tu peux continuer à nier, moi je t'ai reconnue. Et le fait que tu te souviennes de la date exacte de la victoire écrasante des Yankees le 14 septembre, me prouve que tu étais bien au « *Stan's Sports Bar* » avec moi ce soir-là.

Interrompant la conversation, Camille et Atari nous rejoignent à table :

– Je vois que vous avez entamé les desserts sans nous…

– Ne fais pas l'innocent, Atari. Marlène et moi savons que vous aviez bien mieux à faire.

– Oui. Vous avez raison. C'était un vrai régal. N'es-tu pas du même avis, Camille ?

Je les regarde tour à tour, et ne peut m'empêcher une boutade :

– Tu veux parler de ton banana split ? Parfois, je me demande si tu n'aurais pas préféré une dame blanche, Atari.

En remarquant Camille qui tentait d'essuyer discrètement, du revers de sa manche, la trace laiteuse laissée à la commissure des lèvres, nous avons failli sourire. Mais, face à la douleur naissante et saisissante, nous nous sommes ravisés.

– Monsieur Murrey ?

– Oui ?

– On vous demande à la tour deux, dans la salle des tortures. Voulez-vous me suivre, s'il vous plaît ?

– Bien, le temps de me changer, et j'y vais. Atari, as-tu préparé mes vêtements de cérémonie et les instruments pour l'interrogatoire ?

– Oui. Les voici.

Et il me tend un grand sac de sport dans lequel se trouvent mon nez de clown, ma salopette, mes grandes godasses et quelques instruments : 1 flûte taille m, 9 tambourins, 7 castagnettes et 6 maracas.

Je saisis le lourd sac en toile, et emboîte le pas du

majordome maniéré, aux manières par ailleurs, trop insistantes à mon goût. En me retournant, pour fuir son oppression évidente, je lance un peu éméché à mes amis :

– Si ça vous tente, venez donc assister à une séance de torture. Qui m'aime me suive !

– Allez, on y va.

Et tous hochent de la tête à la réponse de Marlène, en signe d'approbation.

C'est ainsi que notre petit groupe de cinq, le majordome trop maniéré, la pulpeuse Marlène, Camille l'élancée, le petit Atari au visage joufflu et moi, traversons les dédales de couloirs pour nous rendre au bout de l'aile droite, dans la tour numéro deux.

Peu à peu, l'éclairage tamisé des couloirs cède la place à la lumière blanche des néons. Plus froide. Efficacement aseptisée. Le parquet du sol s'efface au profit d'un béton blanc ciré. Les murs clairs sont couverts, dans leur partie inférieure et sur toute la longueur, d'épaisses feuilles en inox, d'une hauteur d'un mètre vingt environ. Ces panneaux servent de protection pour éviter que les chariots transportant les prisonniers, les blessés voire les morts, ne viennent cogner ou endommager le plâtre et marquer la peinture des murs.

Le bout de l'aile gauche ressemble bien plus à un hôpital, ou à une prison, qu'au restaurant branché du centre moderne et luxueux duquel nous venons. Le bâtiment nous renvoie l'image d'un hôpital psychiatrique construit dans le pur style « *Kirkbride* ».

Nous progressons dans le dernier corridor. Nous entendons en crescendo des cris et des plaintes. Ils transpercent les profondeurs des quatre murs de la tour numéro deux. Un hurlement inhumain nous arrête net, en plein milieu du couloir.

– Qu'est-ce que c'était, Ted ? Tu as entendu comme moi ?

– Oui. C'était horrible, Atari.

– Monsieur le majordome, pouvez-vous aller voir ? Et revenir nous dire ce qu'il se passe ?

– Entendu, Monsieur Murrey. J'y vais de ce pas.

– Teddy, j'ai peur.

– Il ne faut pas, Marlène chérie, nous sommes en sécurité, ici.

* * *

Les plaintes s'estompent. Le calme renaît. Le silence s'installe. Pas pour longtemps. Cette fois, il est percé par une pluie de pas pressés dans le corridor. C'est le majordome qui revient en courant, le souffle court :

– Tout va bien. Les cris que nous avons entendus étaient ceux d'une malheureuse victime d'un fou rire. Qu'elle n'a pas su contenir. Mais le médecin a pu intervenir à temps. Et lui administrer une double dose de dépresseur. A présent, tout est rentré dans l'ordre. L'interrogatoire va pouvoir reprendre. Et nous comptons sur vous, Monsieur Murrey. Car le bourreau précédent vient de quitter les lieux sur un brancard. Il fut pris à son propre piège. À la fin de sa blague, il n'a pas pu s'empêcher de rire à son tour. Ce qui a bien évidemment amplifié les cris qui nous ont tous interpellés.

– Bien. Je passe me changer aux vestiaires.

Merci de conduire mes amis dans la petite pièce derrière la vitre « miroir », afin qu'ils puissent voir sans être vus. Pensez à donner à chacun, à titre préventif, une dose de dépresseur et des boules Quies.

– Ce sera fait, Monsieur Murrey.

– Merci.

Une fois habillé, le gros nez rouge en place et maintenu par l'élastique autour des oreilles, je rejoins la salle des tortures.

Sur une chaise, ligoté face à moi, un prisonnier aux yeux cernés, fixe le mur en face. D'un air hagard. Son regard est vide. L'homme semble absent. Il est très maigre. Son corps meurtri est tout recroquevillé. Le pauvre a dû subir des heures et des heures d'interrogatoire. En professionnel, je m'approche de lui, et m'accroupis pour être à sa hauteur.

– Ce serait bien que tu parles. Que tu avoues tes crimes. Tu ne vas pas pouvoir résister longtemps à ce supplice comique.

– Jamais je parlerai. Plutôt crever, pauv'con de collabo. Bande de sales vendus ! Vous n'êtes que les commis du parti Comix.

– Bon, tu ne me laisses pas l'choix.

Je te balance les dix commandements de mon ami Coluche, et je parie mon gros nez que tu craques avant le septième.

Je me redresse et le toise de haut. Je respire profondément et me lance de façon théâtrale et lyrique :

– Commandement numéro un : « *Les femmes*

seront les égales des hommes le jour où elles accepteront d'être chauves et de trouver ça distingué. »

Le prisonnier reste de marbre. Alors, je plaque une fausse moustache du genre Staline, et lui murmure à l'oreille, en prenant l'accent russe :

– Commandement numéro deux : « *Le communisme, c'est une des seules maladies graves qu'on a pas expérimentées d'abord sur les animaux.* »

Je sens qu'il a mal. Il fait des efforts surhumains pour ne pas céder au rire. Alors j'enchaîne plus vite :

– Numéro trois : « *Je voudrais rassurer les peuples qui meurent de faim dans le monde. Ici, on mange pour vous.* »

Il ne bronche toujours pas. Mais je vois bien que son visage est déformé par les traits de la profonde douleur qu'il contient, en s'efforçant de ne pas céder au rire…

– Commandement numéro quatre : « *Il y a deux sortes de justice : vous avez l'avocat qui connaît bien la loi, et l'avocat qui connaît bien le juge !* »

Rien. Ce malfrat me semble être plus coriace qu'il en a l'air. Je vais lui sortir la trilogie de Coluche sur les politiciens.

Pendant ce temps, dans la cabine derrière le faux miroir, Atari a retiré ses boules Quies. Il ne perd plus une miette du monologue de la scène de torture qui se déroule devant lui. Il comprend encore mieux l'atrocité du métier qu'on m'impose et qu'il a cessé d'aduler. Nous en avons débattu à maintes reprises. Mais si comprendre est une chose, vivre et entendre les horribles souffrances infligées par la torture en est une autre. Insupportable. Même si on y est préparé.

– Cinquième commandement : « *Homme politique, c'est une profession où il est plus utile d'avoir des relations que des remords.*»

La respiration du prisonnier s'accélère tout comme le débit de mes mots.

– Numéro six : « *Technocrates, c'est les mecs que, quand tu leur poses une question, une fois qu'ils ont fini de répondre, tu comprends plus la question que t'as posée.* »

Il voudrait hurler de rire mais il se retient.

– Commandement numéro sept : « *La chambre des députés, la moitié sont bons à rien. Les autres sont prêts à tout.* »

Merde. Il n'a pas esquissé le moindre sourire. J'ai perdu mon pari, alors j'accélère encore la cadence :

– Commandement numéro huit : « *Je n'ai rien contre les étrangers. Le problème, c'est que d'une part, ils parlent pas français pour la plupart… Et selon le pays où on va, ils parlent pas le même étranger.* »

Là, il a marqué le coup. Je le vois au rictus qui tente de se dessiner sur ses lèvres. Alors je continue sur ma lancée :

– Numéro neuf : « *Les psychiatres, c'est très efficace. Moi, avant, je pissais au lit, j'avais honte. Je suis allé voir un psychiatre, je suis guéri. Maintenant, je pisse au lit, mais j'en suis fier.* »

Il s'est évanoui. La douleur était insupportable. Mais il reprend petit à petit ses esprits de pince sans rire. Je n'ai plus qu'une cartouche. Pourvu qu'il craque. Car derrière le miroir, je devine qu'Atari et mes invités doivent également déguster comme il se doit, la succulente horreur de ces plaisanteries.

– Et voici le dixième et dernier : « *Dans l'administration, on ne doit pas dormir au bureau le matin sinon on ne sait plus quoi faire l'après-midi.* » Ok. Ok. T'as pas craqué. T'es *drôlement* coriace, si je peux me permettre ce jeu de mots. Pas l'once d'un sourcil levé. Pas l'ombre d'un poil dressé. T'as gagné. Tiens, voici mon nez. On va trinquer ensemble. Une coupe de champagne. Tu l'as bien mérité (…).

Et au bout d'une bouteille sifflée à deux, je lui lance une dernière vanne :

– « *Un alcoolique, c'est quelqu'un que vous n'aimez pas et qui boit autant que vous* ».

C'est alors qu'il craque. Bêtement. Il se met à rire. Tout seul. A rire. Mais à rire ! C'est une explosion de rires. Il ne peut plus s'arrêter. Il en a mal au ventre. Pense-t-il que je suis un alcoolique ? Rit-il de moi ? Ou est-ce de l'autodérision, en croyant que c'est bien lui que je considère comme alcoolique ?

Le médecin s'apprête à intervenir, pour éviter qu'il ne s'étrangle de rire.

– Je vous donne un comprimé, mais seulement si vous parlez.

– Hahahaha… Oui, je vais parler. Hahahaha… Mais arrêtez ça. Hahahaha… C'est trop drôle. Je vais mourir de rire. Hahah… Aaaaaahg. Ça fait mal. Ahahgahg… Aaaaah. Trop mal ce que c'est drôle. Je vais tout avouer. Mais arrêtez çaaa-ahah… Ahahaagahggg…

Et pendant que le docteur lui administre une

forte dose de dépresseurs afin de le calmer, je m'éclipse dans la pièce à côté, où je rejoins mes amis restés à observer la scène, masqués derrière la vitre.

Comme Atari tout à l'heure, tous retirent à présent les boules Quies qu'ils avaient insérées à l'entrée du conduit auditif. Le juge qui était avec eux quitte la pièce au moment de mon entrée, et rejoint l'accusé afin de reprendre l'interrogatoire.

Moi, j'ai fini mon boulot. C'est au juge de commencer le sien. L'accusé est enfin mûr et prêt à tout cafter.

Camille aura beau prétendre que c'est de l'humour noir, les autres n'y ont rien compris. Le paroxysme de la scène qui vient de se dérouler, tend à être, j'en ai bien peur, pathétiquement comique. L'absurdité de l'humour déraisonnable, qui a ses raisons que la raison ignore.

Si les deux femmes sont encore surexcitées par le *one man show* que je viens de donner, Atari m'a l'air complètement choqué et sonné par la drôlerie du spectacle.

Nous quittons la tour numéro deux et regagnons mon appartement.

– Je vous sers quelque chose à boire ?

– Volontiers. Un scotch, Ted, tu as ça ?

– Pour qui tu me prends, Atari ? Bien sûr. J'ai même un vieux whisky japonais. *On the rocks* ?

– Oui, merci.

– Et vous, mesdames ?

– Pareil pour moi. Puisque j'ai déjà essayé un japonais, on n'en est pas à un autre près !

– Aïe. Arrête Camille, tu vas me faire rire. Et toi, Marlène ?

– Une coupe de champagne. Tu m'as donné envie, tout à l'heure.

Je me dirige vers le minibar et prépare nos boissons.

– Voici. A la vôtre, *ladies*.

– A la tienne, Ted.

– A cette drôle d'aventure.

– Merci. Tchin Atari.

– Ouaip. C'est ça, tchin.

Et il boit son whisky d'un trait, cul sec. S'en ressert un autre. Puis recommence. Cinq fois de suite. C'est la première fois que je le vois comme ça, dans cet état.

– Eh ben, qu'est-ce que t'as, chaton. Tu râles ?

– Ça ne t'a rien fait, à toi, de torturer ce pauvre mec ? Moi, tout ce bordel me dégoûte. C'est la première fois que j'assiste à un interrogatoire. Et c'est vraiment horrible !

– Comme tu y vas, Atari. Bien sûr que ça me perturbe. Combien de fois je te l'ai dit. Ce job me débecte. Mais raconter des blagues pour faire rire les gens, c'est la routine du boulot.

– C'est bien là que je ne te suis plus, Teddy. J'ai bien peur que tu ne changes. Ton indifférence sous le couvert du travail, tes pseudo-excuses que c'est ton métier, que t'y peux rien… Tout ça me rend dingue. Hors de moi. Tu m'avais convaincu que ce métier tant adulé était atroce. Mais là, l'avoir vu et entendu de mes propres oreilles. C'est totalement abject. J'pète un plomb. Il faut que j'me casse d'ici. Sinon, ça va vite dégénérer. Allez, viens Camille, on se tire !

Atari et Camille sortent du loft. Le petit homme titube en se tenant le pompon au-dessus du crâne. Dans le couloir, on entend encore Atari marmonner des insultes à propos du Comix et de notre profession de bourreaux. Il est devenu fou ou quoi ? Tout le monde sait que, comme pour le restaurant, les chambres, les appartements et les couloirs sont truffés de caméras et de micros. C'est un véritable asile, ici. Tous ses propos et gestes ont été filmés et sûrement enregistrés.

Je sors. Cours derrière eux et essaye de retenir mon ami. De le faire taire. Mais ivre, il me décroche la mâchoire d'un violent coup de poing du gauche. Et continue sa route en gesticulant et criant de plus belle.

– Il a raison, le mec que t'as torturé. Vous n'êtes que des sales collabos. Des putains de commis de ce gros con de Professeur du Comix !

– Arrête, Atari. Tu vas t'attirer des ennuis.

– Toi, boucle-la aussi, Camille. Ou je vais croire que tu es comme eux. Une simple escort à la solde du Comix.

Camille s'arrête. Il l'a coupée net dans son élan. Elle le laisse partir. Se retourne sans le regarder. Fait demi-tour. Revient vers moi. Et m'aide à me relever.

– Je suis désolée, Teddy.

– Pas autant que moi, Camille. Je connais Atari depuis un mois à peine. Et pourtant, nous sommes déjà de vrais bons amis. Mais c'est la première fois que je le vois se comporter ainsi. C'est le choc d'avoir vécu sa toute première scène. Il m'a l'air tellement affecté. Jamais je n'aurais dû l'inviter à mon spectacle.

– J'ai peur pour lui. Il a pris d'énormes risques à s'exposer ainsi.

– Et tu as raison. Il va sûrement se faire arrêter.

– Je vais rentrer chez moi et chercher à le joindre sur son portable. J'espère qu'il est encore dans le Centre.

– Tiens-moi au courant dès que tu le trouves… Et bonne nuit, Camille.

– Oui. Je t'appelle dès que j'ai de ses nouvelles. Bonne nuit, Teddy. Merci encore pour l'invitation à ton spectacle. C'était drôlement cruel. Et pour le verre... J'aurais vraiment préféré que ça se termine autrement.

***

Marlène et moi passons une nuit très agitée. Le téléphone n'a pas sonné. Et bien évidemment, je n'ai pas réussi à m'endormir avant l'aube. J'ai eu beau chercher le sommeil, sur le dos, sur le ventre, le côté gauche, puis le droit (on est aux États-Unis d'Amérique), impossible de le trouver… Je suis resté éveillé jusqu'au petit matin, allongé et incapable de fermer l'œil. Trop absorbé par les images de détresse et de colère d'Atari. Pas toujours très nettes. Qui s'entrechoquent. Entre rêve et réalité. J'ai passé des heures, agité, à penser et repenser à mon ami, à m'imaginer les scènes violentes de son arrestation. Je me suis fait un sang d'encre. Du mauvais sang. Probablement pour rien. Mais impossible de me concentrer sur autre chose que ces images cauchemardesques et ancrées dans mes yeux trop fatigués, à force de les avoir gardés si longtemps écarquillés. Pour finalement parvenir à m'endormir au lever du soleil. Au moment où la vie reprend.

– Teddy. Teddy, réveille-toi.

– Mmmmhh ?

– On frappe à la porte. On tambourine même. J'ai peur d'aller ouvrir…

– Ne t'inquiète pas. Je vais y aller.

Je m'étire et crie en direction de la porte :

– Un instant. Je me lève, m'habille et j'arrive !

J'entends une voix qui me répond à travers la cloison :

– Vous êtes attendus à la tour deux, Monsieur Murrey. Nous venons de procéder, cette nuit, à l'arrestation d'un dangereux dissident. Nous devons poursuivre son interrogatoire de façon plus musclée, car il ne coopère pas.

– Bien. Le temps de me préparer et je vous rejoins.

J'enfile la salopette, lace les deux grandes savates, ajuste mon gros nez rouge, et gagne, par le dédale de couloirs, la tour numéro deux.

Tout au fond du grand corridor, à l'éclairage blanc et froidement ingrat :

– Nous vous attendions, Teddy.

– Désolé pour le retard.

– L'inculpé gît plus ou moins conscient dans la salle des tortures. Il n'a pas encore avoué.

Je quitte la pièce et les policiers qui se tiennent debout, face à la vitre miroir. J'entre dans la chambre de torture, allume la lumière en actionnant le levier et sa lourde manette, à droite de la porte d'entrée.

Clang ! Tout s'éclaire d'un seul coup. Et là, dans

la lumière vive, stupéfaction. Je sursaute. Je recule. Trébuche maladroitement. Et tombe à la renverse, littéralement. Étendu sur le sol, la tête inclinée, comme sur le coussin trop dur d'un mauvais lit, je reprends appui sur les deux coudes.

Assis sur la chaise, ligoté et me faisant face, Atari me dévisage. Je me lève, me retourne et crie en direction du miroir :

– Libérez cet homme. Vous faites erreur. C'est Atari. C'est mon imprésario. Mon ami et mon confident. Il me suit partout, un peu comme un humain de compagnie…

Et une voix métallique et déformée me répond, par l'intermédiaire du haut-parleur fixé au-dessus du miroir :

– Désolé, Teddy, la règle est la même pour tous. L'accusé a commis un délit. Très grave. Il s'en est pris au Comix et à sa plus haute instance. Nous avons les preuves. Des enregistrements. Il a insulté et s'est attaqué à notre cher Professeur. Vous devez faire rire cet individu, afin que nous puissions reprendre notre interrogatoire. Et qu'il avoue ses méfaits.

– Mais je m'y oppose. Jamais je ne pourrais me résoudre à faire souffrir un ami. Je refuse !

– Vous n'avez pas le choix, Ted. Obtempérez ou vous le paierez cher. Très cher !

C'est alors que les choses se précipitent. Sans réfléchir, je bondis sur Atari et dénoue à toute vitesse les cordes qui enserraient les poignets de mon ami. Je saisis la chaise et la jette de toutes mes forces sur le miroir qui explose. Je coupe le disjoncteur et la lumière s'éteint. Instantanément.

Profitant de l'effet de surprise et de l'obscurité totale, qui vient de plonger la salle et la pièce annexe dans un noir profond, j'ouvre la porte :

– Suis-moi, Atari. On fout l'camp. Allez, cours !

Je le saisis par la main. Il sort de sa torpeur. Reprend ses esprits. Nous nous mettons à courir à travers les dédales de couloirs, en direction de la sortie. Derrière nous, la chasse est lancée. Une meute de policiers et les gardiens de sécurité, armés jusqu'aux dents, nous poursuivent en courant. Dans le bâtiment, les sirènes stridentes se sont mises à hurler. Nous dévalons les escaliers de secours jusqu'au rez-de-chaussée. Là, nous nous séparons. Je l'ai souvent vu dans les films. Ça nous laisse un peu plus de chance pour tenter la fuite. Les suiveurs sont obligés de se diviser en deux groupes. Cela amoindrit leur force en nombre. Et statistiquement, on augmente de moitié nos chances de ne pas être rattrapés par les assaillants.

Atari court vers la droite, en direction de *River Avenue*. Et moi, je traverse la rue et me précipite dans mon immeuble en face.

Je saute de justesse dans l'ascenseur qui est là, en faction, les portes coulissantes grandes ouvertes, avec en retrait sur la gauche, une petite pancarte : « *Maintenance* ». J'appuie sur tous les boutons. Mais les portes peinent à fermer. Tout semble immobile. Sauf au bout du couloir. Cela bouge à toute vitesse. Mes poursuivants, sans ralentir leur course, se mettent à ouvrir le feu en me voyant ainsi, à découvert dans l'ascenseur.

Tout à coup, la cabine bascule en arrière. Elle plonge à cent quatre-vingts degrés. Je me retrouve la tête en bas et les pieds vers le ciel. Par ce mouvement de rotation, les assaillants ne peuvent plus me viser. Ni même me voir. C'est l'arrière de la cabine qui leur fait face, avec ses câbles, de multiples tuyaux et sa lourde plaque en acier. Heureusement que j'ai pu me retenir avec les mains. En poirier un instant, j'ai ramené les jambes à hauteur de ma tête, et j'ai pu me relever. J'ai pris soin de positionner les pieds entre les grilles de ce qui reste du néon du plafonnier.

La cabine capitonnée de losanges bleus et argentés devrait monter. Mais comme elle est à l'envers, elle descend. Je m'enfonce dans le sol.

Enterrés, je pense que nous sommes tous un peu claustrophobes. Et c'est aussi mon cas. Je suffoque au fur et à mesure que l'ascenseur progresse vers le centre de la terre. J'ai chaud et je respire de plus en plus mal.

Malgré la chaleur qui devient insupportable, j'ai l'impression de sentir du frais tout le long de mes pieds. Oui, c'est de l'eau. Je suis sauvé. De l'eau s'infiltre. Cela va rafraîchir la température de la cabine. Qui était devenue beaucoup trop élevée.

On a dû traverser une nappe phréatique. Je me baisse pour ramasser un peu de ce liquide dans le creux de la main. Je le hisse à mon nez, renifle, et ne sens rien. C'est bien de l'eau. J'espère qu'elle est potable. Mais j'ai tellement soif que je la porte naturellement à la bouche. Elle est fraîche. Et a parfaitement le goût de l'eau. Je refais ce geste plusieurs fois, jusqu'à être complètement désaltéré.

La cabine n'arrête pas sa course folle. On continue la descente. Elle est vertigineuse. Elle me paraît sans fin. Au plus on descend, au plus il fait noir dans l'habitacle. Les parois de l'ascenseur vibrent. J'ai l'impression que l'eau qui a refroidi la cabine, et qui entoure complètement ses parois maintenant, fait pression et tente de s'infiltrer par les joints et tous les orifices.

Ça y est. Elle coule le long des parois. Elle trouve son chemin à travers le tapis de sol de la cabine. Qui suinte au-dessus de ma tête. Elle monte aussi entre mes jambes, transperçant le plafonnier et les grilles du néon.

Telle un torrent fou, elle continue de grimper et elle ruisselle de partout. Elle est à hauteur de mon cou à présent. Bon Dieu, je vais couler. Il faudrait que l'ascenseur s'arrête.

S'il continue de dégringoler, l'eau se sera répandue dans tout l'habitacle. Je vais mourir noyé. Comme dans les histoires de maman. Si quelqu'un n'arrête pas l'ascenseur maintenant, je me noie.

L'eau vient de franchir le seuil de ma bouche. Elle est juste en-dessous des narines.

Je respire un bon coup. Elle va se jeter dans mon nez. J'ai peur. Je m'étouffe.

Bon Dieu. J'ai maintenant les yeux et toute la tête sous l'eau. Cela fait trente secondes que j'ai pris ma dernière bouffée d'oxygène. Je continue de garder les yeux ouverts sous l'eau. A l'affût du moindre signe de sauvetage. Pourvu que ça s'arrête. Vite. J'étouffe. Au secours ! Mes poumons se remplissent d'eau. Comme des branchies. Ma peau s'écaille. Mon nez disparaît. Mes oreilles ressemblent à des nageoires. Mes grosses lèvres gonflent. Mes yeux rétrécissent jusqu'à devenir deux ronds globuleux, exorbités de part et d'autre de mon visage aplati. J'ai l'air d'un vieux mérou.

L'habitacle de l'ascenseur est complètement inondé. La cage aussi. On a bien franchi cinq étages sous la terre.

Je ne me souviens plus du dernier bouton sur lequel j'ai appuyé. C'était, je crois, le…

6

PSYCHIATRIE MOLÉCULAIRE

La cabine gorgée d'eau s'est immobilisée au sixième. Dehors, les pompiers frappent avec leurs haches les portes coulissantes. Vite. Libérer à tout prix la personne prisonnière de l'ascenseur.

Dans quel état vont-ils la retrouver ?

– Allez-y, sergent, encore un coup. Je sens que la paroi va céder.

– A vos ordres mon capitaine.

– Attention !

Boum ! Une explosion. Les portes cèdent sous la pression de l'eau. Des grosses vagues se forment et tourbillonnent contre les losanges bleus et argentés des cloisons. Des milliers de litres jaillissent en-dehors de la cabine. Que les pompiers prennent en pleine gueule, comme les blocs effondrés des *Twin Towers*. On dirait les chutes du Niagara. Ou pire, toutes celles d'Iguaçu concentrées en un seul point. Elles emportent tout sur leur passage. Rien ni personne n'y résiste.

– Sergent. Sergent ! Tout va bien ? Sergent ? Répondez-moi, bon sang.

– Ça... ça va. Mis à part que j'ai l'impression d'être passé dans un *car wash, Captain*.

Le Sergent est sonné. Il a reçu des tonnes et des tonnes de flotte en plein pot. Il en a avalé des tasses. Et dans la tête du pompier, impossible d'arrêter le flux des paroles de cette chanson. Allongé sur le dos, il ne peut empêcher ses pieds de bouger tout seuls avec le groove. On ne sait pas si c'est dû aux spasmes ou au gros son de Rose Royce.

« Ooh ooh
Tu pourrais ne jamais devenir riche
Mais laisse-moi te dire que c'est mieux que de creuser une tombe
On ne sait pas qui on peut rencontrer
Une star de cinéma ou peut-être même un chef indien
A la station de lavage de voitures
Je travaille à la station de lavage de voitures, fille
Viens et chante avec moi
- Lavage de voitures -
Chante avec le feeling et tout
- Lavage de voitures, ouaip. - »
(Discographie : 15.)

https://www.youtube.com/watch?v=eB0aROCl530

Le sergent, la trentaine, est du type méditerranéen. Plutôt petit et gros. Le crâne dégarni, avec de part et d'autre de sa tonsure, les cheveux noirs gominés vers l'arrière. La peau basanée et un sourire à la Danny DeVito. Et pourtant, il est d'origine judéo-polonaise.

– Relevez-vous, sergent, il faut qu'on aille voir la cabine de plus près.

– Vous avez raison, *Captain*.

Le sergent ramasse son casque qui avait été emporté par l'eau. Et les pompiers se dirigent vers ce qui reste des portes fracturées et défoncées à grands coups de hache. A l'intérieur de l'habitacle aux losanges détrempés et décolorés, assis dans un coin et roulé en boule, un quinquagénaire qui pue le poisson pourri, les regarde, l'air ahuri.

– Vous avez vu, mon Capitaine, il a la peau toute écaillée, comme celle de la vieille qu'on a retrouvée morte dans la chambre du neuvième.

– Oui sergent. Faites venir le concierge, qu'il puisse nous aider à identifier le bonhomme.

* * *

– Alors, Monsieur, pouvez-vous nous dire qui vous êtes ? Monsieur… Monsieur !?

– 1m… 1m9… 1m976. J… je m'appelle 1m976. L… les Yan… les Yankees ont gagné. Mar… Marlène est 1f675. J… j'en suis sûr. Les Yankees ont gagné. Ssss… c'est bien elle. Jj… je le sais.

– Monsieur, combien de doigts voyez-vous là ?

– M… mmm… Moon ressemble étrangement au Professeur du Comix. I… iii… il faut sauver Marlène. I… ii… il faut la tirer de là. Et At… Att… Atari aussi.

– Cet homme divague. Monsieur le concierge, combien de temps est-il resté coincé dans l'ascenseur ?

– Au moins quarante minutes. On dirait Monsieur Murrey. Teddy Murrey. Un autiste. Un vrai déséquilibré. Il habitait au neuvième, avec sa mère. Sauf que le fils a seize ans. Cet homme semble en avoir plus de cinquante !

– Mon capitaine, vous savez que je suis interne

en dernière année de médecine militaire. Avec une spécialisation en psychiatrie gériatrique.

– Où voulez-vous en venir, sergent ?

– Eh bien, figurez-vous que j'ai étudié que, sous l'effet d'une peur intense, sous une forte pression, le corps humain peut vieillir. Le stress peut engendrer des maladies cardiovasculaires et même provoquer des démences séniles.

– Oui, mais à ce point-là ? Prendre 40 ans en 40 minutes ? Comment est-ce possible de vieillir autant en si peu de temps, sergent ?

– Dans une étude parue au journal *Molecular Psychiatry*, les auteurs ont observé pendant un an, deux cent trente-neuf patients. Ils ont étudié l'effet des événements stressants sur la longueur des télomères.

– Les télos quoi ?

– Les télomères. Ce sont les marqueurs du vieillissement des cellules immunitaires.

– Et alors ? Je ne vois toujours pas où vous voulez en venir ?

– Chez Teddy, comme chez nous tous, les télomères constituent l'extrémité des chromosomes et correspondent à une combinaison d'ADN et de protéines. Ils jouent un rôle de protection des chromosomes et permettent d'assurer le maintien de l'intégrité du matériel génétique. Leur raccourcissement est un marqueur de la déchéance. L'étude a démontré que, même sur une très courte période, la peur accélère le vieillissement cellulaire, mesuré par le rétrécissement de ces télomères.

– C'est donc « techniquement » possible ? Teddy aurait-il pu vieillir d'un an par minute ?

– Les événements stressants vécus par Teddy au cours de sa vie, qui ont pu être la violence, la négligence pendant l'enfance, les difficultés financières que sa mère a sûrement rencontrées suite à sa rupture, et l'isolement lié à l'autisme, sont un excellent terreau pour une sénescence prématurée. À force, elles ont usé les systèmes physiologiques et ont accéléré les expositions de Teddy aux maladies du vieillissement. Les effets délétères de la panique extrême proviennent vraisemblablement d'une déficience et du déclin chronique de son système immunitaire.

– C'est à peine croyable. Vieillir d'autant d'années en même pas trois quarts d'heure. Pensez-vous, sergent, qu'il va recouvrer la mémoire ? Qu'il va finir par nous parler ? Plus normalement, je veux dire ?

– Impossible, avec le stress intense qu'il a vécu, enfermé si longtemps dans l'espace exigu de la cabine. Vous savez, elle a été inondée pendant de longues minutes, suite à une rupture des vieilles canalisations. Elles empruntent, dans cet immeuble insalubre, le même parcours que la cage d'ascenseur. La noyade accélère évidemment les facteurs de décrépitude. Ce traumatisme s'accompagne souvent d'une prévalence de troubles cardiovasculaires. Et presque toujours, de la maladie d'Alzheimer. Je ne pense donc pas, mon capitaine, qu'il pourra se souvenir d'un passé si récent. Il ne tiendra jamais des propos cohérents sur ce qu'il vient de vivre.

– Teddy ? Teddy ? M'entendez-vous ?

– Iiii… il… il faut sauver ma… ma… Marlène. Iii… il faut la tirer de là. Et Aaah… Aaaat… Atari aussi. Mmmh… mmon chat, où est mon chat ?

– Effectivement, nous avons trouvé un chat, dans la chambre de votre mère. Il semblait affamé. Mais il va bien. Teddy, votre maman… euh, votre mère est… enfin, elle n'est plus. Etiez-vous au courant ?

– Mmmmh… mm… Moon est le Professeur. Iiii… iiii… il viole des petites filles. Iiiiii… il faut l'arrêter ! Iiii… il faut sauver Marlène.

– Laissez tomber, mon capitaine. Vous n'en tirerez rien. J'ai fait appeler une ambulance. Ils ne devraient pas tarder. Ils vont l'emmener dans un centre spécialisé pour les autistes et les vieilles personnes atteintes d'Alzheimer.

– Monsieur le concierge, savez-vous s'il a encore de la famille ? Peut-on appeler quelqu'un ?

– J'ai connu son père. Il vit au Royaume-Uni, je pense. Un certain Nick Murrey. C'est l'homme sur les photos placardées un peu partout dans la chambre de la défunte.

– Bien. Nous l'inscrivons dans le rapport que nous laisserons à la police chargée de l'enquête sur la mort de cette femme.

Les brancardiers emmènent le corps meurtri du vieux Teddy. Il gesticule par saccades tandis qu'ils tentent d'accompagner au mieux les salves et les secousses dictées par ses élucubrations. Que son esprit peu ou prou habité, trop habité, voire au contraire, inhabité – *ce sera aux psychiatres de le découvrir* – ne parvient pas à orchestrer ni à contenir.

Le capitaine et le sergent se retournent et quittent le hall verdâtre de la vieille bâtisse en briques marron de quinze étages, perdue en plein cœur de Riverdale, tout au Nord-Ouest du Bronx.

*

The End.

« APPRENONS À RÊVER, MESSIEURS, ET ALORS, PEUT-ÊTRE, NOUS DÉCOUVRIRONS LA VÉRITÉ. »

Friedrich Kekulé von Stradonitz,
à propos de sa découverte sur la formule spatiale du benzène (1890).

LA RÉALITÉ EST UN RÊVE

Cinq années plus tard, j'ai eu la chance de m'entretenir avec le Dr Gregory Koschnick, l'ex-sergent des pompiers, devenu un célèbre psychiatre sur la place de New York.

C'était un jeudi après-midi. Je m'étais rendu dans son bureau situé tout en haut, au dix-septième étage du *Manhattan Psychiatric Center*. C'est un hôpital psychiatrique géré par l'Etat de New York, au chœur de *Wards Island*. Il était autorisé pour cinq cent neuf lits, mais n'hébergeait que deux cents patients. Parmi lesquels Teddy Murrey. Il avait été transféré là, un an après son internement. Précisément à la demande du Docteur Koschnick. Teddy avait quitté le Queens et les murs du *Creedmoor Psychiatric Center*. Dont le fameux *Manhattan Psychiatric Center* est, sur le plan architectural, la copie conforme. Ce qui facilite fortement le transfert des patients, imperturbables puisqu'ils ne se rendent même pas compte du changement.

Les origines du bâtiment remontent à 1848, lorsque le gouvernement proclama l'île *Wards* zone d'accueil des migrants. Vingt ans plus tard, on transforma cet édifice en annexe de l'asile de fous. De nombreuses structures firent partie du *New York City Lunatic Asylum*. Le centre qui avait ouvert ses portes en 1863 sur l'île d'en face, *Blackwell Island*[3], souffrait d'un manque de place.

---

[3] Devenue Roosevelt Island.

En 1871, l'on vit le bâtiment s'agrandir. Entre le milieu et la fin du XIXe siècle, les Etats-Unis bâtissaient leurs asiles selon la conception du Docteur Kirkbride. Les caractéristiques structurelles des hôpitaux dépendaient des théories du psychiatre. Pour la guérison des malades mentaux, l'environnement, l'exposition à la lumière naturelle et à la circulation de l'air, étaient cruciaux. Les hôpitaux construits selon le plan *Kirkbride* adoptaient divers styles architecturaux, mais tous avaient en commun un plan d'étage baptisé « *aile de chauve-souris* », avec de nombreux couloirs qui s'étendaient vers l'extérieur à partir du centre.

Après le transfert de l'immigration à Ellis Island, l'Etat l'avait encore élargi, en le renommant *Manhattan State Hospital*.

En 1899, il comptait quatre mille quatre cents lits et était le plus grand hôpital psychiatrique au monde. Il est devenu par la suite le *Manhattan Psychiatric Center*.

Le complexe immobilier actuel a gardé le plan *Kirkbride*. Il regroupe vers l'extérieur de grands blocs de béton beige autour de l'imposante tour centrale, construite en 1954.

Mais revenons-en au bon Docteur Koschnick. Gregory se passionnait pour le cas de Teddy. À vrai dire, il ne l'a jamais lâché. C'est ainsi qu'il a pu tout m'expliquer. À moi, jeune clerc de notaire. Qu'à l'étude on surnomme l'Irlandais, avec ma peau rose, mes taches de rousseur, mes cheveux roux et mon petit costume rouge à boutons dorés. Chargé par Maître McGregor, l'officier public désigné par le défunt Nick Murrey, d'une mission de la plus haute importance : retrouver le fils unique, un dénommé Teddy Murrey, seul héritier testamentaire de la fortune du père, décédé récemment, et sans aucune autre descendance.

– Et donc, vous vous appelez Gary ? Gary Willis, c'est ça ?

– Oui Docteur Koschnick.

– Bien. Êtes-vous sûr, Monsieur Willis, de n'avoir jamais rencontré Teddy auparavant ?

– Affirmatif. Comment aurais-je pu le voir puisqu'il n'a jamais quitté le Bronx ? Et que c'est la première fois que je débarque sur le sol américain.

– C'est plutôt surprenant. Car au fil de ses séances de psychanalyse, il vous a décrit exactement tel que vous êtes. Et vous aviez un rôle de taille : celui du liftier. Le groom de l'ascenseur. Vous commandiez l'arrivée de la cabine à chaque étage, permettant ainsi le passage d'un monde à un autre. Vous avez donc, malgré vous, facilité l'évolution de Ted. En l'éloignement progressivement, à chaque palier, physiquement et psychologiquement de sa mère. De façon anodine, vous avez servi de semi-conducteur pour favoriser sa transformation et la ressemblance physique avec son père. En le dotant d'un charisme et d'un succès réel auprès des autres, et notamment des femmes.

– Je vous assure que je ne l'ai encore jamais rencontré !

– C'est vraiment très intrigant. En tout cas, cela vient corroborer la thèse du « *rêve et de sa vision prémonitoire* », sur laquelle je travaille actuellement.

– Une théorie ou de simples assertions ?

– Si les rêves, dans leur grande majorité, se manifestent au cours du sommeil, naturel ou provoqué, ceux dits « *prémonitoires* », qui font surface et dont on n'a pas conscience, comme sous hypnose ou lors d'un état comateux, peuvent être assimilés à des *visions*. Elles assument une forme de visualisation hallucinatoire dans laquelle l'on retrouve une succession rapide d'images fortes mais furtives, comme au cinéma, et se confondent souvent avec les faits réels. Quand elles prennent la forme de symboles, leur signification ne se dévoile qu'après l'avènement de l'événement. Ces *visions* peuvent aussi se présenter sous d'autres formes. Une voix connue, voire familière, qui annonce un événement à venir de manière énigmatique. Ou une impulsion motrice irréfrénable transmise à l'organisme : l'individu est poussé à commettre un acte absurde, comme par exemple retourner sur ses pas ou changer d'itinéraire, et échapper ainsi à un grave danger dont il n'avait pas conscience et qui se produit sur la route initiale qu'il aurait dû emprunter. La communauté scientifique conteste l'existence de la *vision prémonitoire*. Elle estime qu'un simple lien entre une vision et un événement survenu dans le futur, ne prouve en rien que la vision ait anticipé l'événement. Le concept va à l'encontre des connaissances actuelles sur l'échelle du temps et n'observe nullement la loi de la relativité. La première hypothèse retenue pour expliquer l'impression qu'ont eue des millions de gens depuis que le monde est monde, c'est celle de la pure coïncidence.

Ensuite, les phénomènes d'autosuggestion,

théorisés par Emile Coué, sont régulièrement évoqués pour expliquer qu'un évènement « *vu* » de façon *prémonitoire* puisse se réaliser. Le principal intéressé met tout en œuvre, de façon inconsciente, pour reproduire la scène qu'il a visualisée.

– Oui, mais j'existais bien avant la description de sa vision. L'on ne peut pas me reproduire exactement comme dans une *vision* qui aurait eu lieu avant notre rencontre. Je ne suis pas une hallucination virtuelle. Cette *prémonition* est totalement improbable et impossible. Je suis bel et bien là, devant vous, en chair et en os.

– C'est là tout l'intérêt que je porte à cette étude et aux *visions* de Teddy. Saviez-vous qu'il m'a également décrit, à l'identique et sous de nombreux angles différents, sa belle-mère à l'âge où son père en est follement tombé amoureux, alors que ni Ted ni Madame Cushing ne l'ont jamais vue ? Et qu'ils n'ont jamais pu entrevoir le moindre cliché, une reproduction, une simple photo ou un quelconque portrait de l'intéressée ?

Il la nomme tantôt 1f675, tantôt Marlène.

Nous n'avons pas de raisons suffisantes pour croire que les *visions prémonitoires* soient un miracle et qu'elles puissent nous aider dans les incidents temporels de la vie. Mais il est de notre devoir de les considérer comme des manifestations spéciales d'une loi jusqu'à présent ignorée.

Et le docteur de poursuivre sa démonstration sur le changement *visionnaire* de Teddy.

– La mère de Teddy était le genre de femme qui

ne pouvait faire autrement que d'être cent pour cent fusionnelle avec son fils. C'est comme si elle voulait le retrouver dans son ventre. L'autisme du petit garçon n'a fait qu'aggraver la situation. L'enfant n'a jamais pu être séparé de sa mère. Suite au divorce de ses parents, au départ de son père et à son éloignement géographique en Europe, il a été, adolescent, incapable de couper le cordon ombilical qui le relie encore aujourd'hui à sa maman.

Le fait que la justice ait empêché le père de voir son fils, qu'elle lui ait solennellement signifié l'interdiction de garder un quelconque contact avec lui, et qu'il ait été obligé de respecter l'injonction d'éloignement du domicile conjugal et donc de l'enfant, a définitivement coupé tout espoir de renouer les ponts entre Teddy et Nick.

Pourquoi confier au magistrat la toute-puissance de décider du droit d'hébergement d'un enfant ? La loi naturelle, puisque la mère donne la vie, prendra toujours le dessus sur les règles sociétales. Les us et coutumes sont légion dans ce domaine, et malheureusement, ils ne viendront qu'étayer une jurisprudence déjà trop déséquilibrée. L'homme est impuissant face à cette inégalité en faveur de la femme. Il aura beau descendre dans les rues ou tenter de monter un mouvement sur les réseaux sociaux du genre *#BalanceTaMère,* n'importe quel juge n'hésitera pas une seconde à préférer confier un enfant à sa maman. Parce que cela fait des millénaires que les mères chérissent leurs fils. Peu importe que cela soit au détriment du père. Il le fera car cela relève de la normalité. Car oui, c'est la norme. Il tranchera en maître absolu, comme on a tranché trop de têtes innocentes pendant la Révolution française. Il ordonnera sans se soucier réellement du futur mal être de l'enfant. Cette décision du tribunal a malheureusement soumis le fragile autiste au joug possessif et dangereux de sa mère, agissant telle une veuve noire qui dévore par amour l'être qui n'a fait qu'une seule chair avec elle. Elle a supprimé le père pour pouvoir façonner à elle seule son fils.

Voilà pourquoi Teddy présente les mêmes symptômes physiques qu'elle : un vieillissement prématuré, la peau écaillée, un *faciès* d'animal marin… jusqu'à trouver de l'eau dans leurs poumons respectifs. Voici aussi pourquoi il souffre encore des mêmes troubles psychologiques et de démence sénile que sa mère.

Seule la mort de cette dernière a permis de le sauver et d'éviter qu'il ne sombre totalement et définitivement dans la folie pure et dure.

Certes, il demeure autiste. Certes, sa maladie d'Alzheimer ne peut pas être soignée. Mais son état est stationnaire. Et oui, il paraît avoir 60 ans et ne vivra sûrement plus très longtemps s'il continue à vieillir prématurément. Mais avec toute la fortune dont il vient d'hériter, il va pouvoir poursuivre plus paisiblement la fin de sa vie. Je suis d'avis de le laisser partir et de lui permettre de recevoir des soins à domicile, qu'il pourra désormais se payer. A condition qu'il visite régulièrement d'autres confrères, là où il ira s'installer.

Vous me suivez, jeune-homme ?

– Oui Docteur Koschnick.

– La mort de la mère a permis au patient, à Teddy, de s'identifier progressivement à son père.

En apparence, il en a l'âge. L'ascenseur que vous avez actionné dans ses *visions*, a été le vecteur spatio-temporel qui a facilité ce voyage identitaire.

– Cela, je l'ai compris Docteur. Vos explications sont très claires. Mais qu'est-ce qui explique cette soudaine rechute ? Pourquoi Teddy, en vieillissant prématurément, a-t-il repris les traits de sa mère ? Au point d'avoir la peau toute écaillée !

– Monsieur Willis, sachez que cet ascenseur émotionnel, couplé à l'explosion et à la fuite d'eau, a perturbé l'évolution psychologique de notre Teddy. Il a fait ressurgir, du fond des ténèbres marines, l'image de la mère. Cette lutte identitaire, avortée par l'inondation de la cabine, l'a ramené à sa maman et a accéléré le vieillissement intempestif de ses cellules.

Teddy nous a rejoints.

– Bonjour.

– Bonjour Teddy. Je te présente Gary Willis. Il est clerc de notaire et nous vient d'Ecosse.

– Bonjour Ted.

– J… jj… je vous ai déjà vu.

– Je ne pense pas. Non. C'est impossible. C'est la première fois que je voyage à New York.

– V… vvv… vous ressemblez au liftier de tout à l'heure.

– Au liftier ?

– Ouh… ouhouh… oui. Un petit homme habillé en groom.

– Ah, je vois. Tout le monde me dit que je ressemble à Spirou, le petit groom dans la bédé de Franquin.

– Teddy, Monsieur Willis va t'expliquer pourquoi

il est ici. Et pourquoi on t'a fait venir.

Après lui avoir tout raconté, à notre agréable surprise, il nous a dit vouloir regagner le château familial du clan Murrey, à Édimbourg, en Ecosse. Il a envie de découvrir qui est véritablement cet homme, ce joueur de polo. Libéré du joug de sa mère, il peut enfin accepter l'héritage spirituel de son père. Sans lequel il ne peut se construire. Il a envie d'être enfin en vie. Même si, peut-être en fin de vie.

Je lui tends une lettre. Très précieuse. Scellée et cachetée du sceau de l'office notarial, avec la couronne du Royaume-Uni au-dessus du blason familial des *Mac Murrey*, en surimpression dans la cire fondue et désormais refroidie. Confiée par son père au notaire. Et qui ne peut être déflorée que par Ted.

Il l'ouvre. La lit doucement. Et les larmes se mettent à couler le long de ses joues.

« Mon Teddy chéri,

J'aurais tant voulu faire ta connaissance en tant qu'homme. Mais ta mère et les Juges m'ont empêché de m'approcher de toi. Je ne pouvais te contacter d'aucune manière, sous peine d'être incarcéré.

J'ai toujours été très fier de toi. Je me suis intéressé à ta vie, via les gens qui pouvaient t'approcher. J'ai beaucoup échangé avec ton boss, Lane Hauck. Si tu savais comme il t'encensait. J'en rougissait de plaisir. J'ai acheté ton jeu Blockade dès sa sortie. Je me suis dévalisé aussi pour acquérir toutes les nouvelles versions.

Sais-tu qu'il s'appelle « Snake » maintenant ?

C'était le nom que tu voulais lui donner. Alors, j'ai engrangé beaucoup d'actions de la société Gremlin Industries. Et lorsque j'ai été l'actionnaire majoritaire, je leur ai demandé de modifier le nom de ton jeu. Ils ont été forcés de l'appeler « Snake ». Et le succès commercial n'en fut que plus retentissant.

Tu es un visionnaire, Teddy.

Mais le temps qui passe sur ma vie et mon corps ne m'aura pas laissé le choix. J'ai appris la mort de ta mère. C'était trop tard : le cancer qui me ronge m'a complètement détruit. C'est avec beaucoup de douleur et de difficultés que je t'écris cette lettre. Demain, je ne serai plus. Les médecins vont abréger mes souffrances.

Pourtant, je souris à l'idée que tu vas lire ces lignes. Et peut-être te rendre à Edimbourg.

Mon épouse, Marlène, t'attend avec impatience dans ton château en Ecosse.

Je t'aime et t'ai toujours aimé.

Papa. »

Discographie

Les extraits de paroles des chansons citées sont une interprétation libre de l'auteur et n'ont aucune prétention de traduction officielle.

1. *Riders on the Storm*
The Doors
Paroles : James Morrison / John Densmore / Ray Manzarek / Robby Krieger
© O/B/O Capasso, Wixen Music Publishing

2. *Don't Go Breaking My Heart*
Kiki Dee et Elton John
Paroles : Elton John / Bernard J.p. Taupin
© Hst Publishing Ltd., New Hidden Valley Music Company, Casa David Music, Bmg Rights Management (uk) Ltd (hal David), Rouge Booze Inc.

3. *Good Vibrations*
The Beach Boys
Paroles : Brian Douglas Wilson / Mike E. Love
© Sony/ATV Music Publishing LLC, Universal Music Publishing Group

4. *Don't Let Me Be Misunderstood*
Santa Esmeralda
Paroles : Bennie Benjamin / Gloria Caldwell / Sol Marcus
© Chris-n-jen Music, Warner Chappell Music France

5. *Knowing Me, Knowing You*
Abba
Paroles : Benny Goran Bror Andersson / Bjoern K. Ulvaeus / Stig Erik Leopold Anderson / Aleksej Anatolevich Kortnev

© Universal/union Songs Musikforlag Ab

6. *Stayin Alive*
Bee Gees
Paroles : Barry Alan Gibb / Maurice Ernest Gibb / Robin Hugh Gibb
© Universal Music Publishing Group, Warner Chappell Music, Inc

7. *I Feel Love*
Donna Summer
Paroles : Pete Bellotte / Giorgio Moroder / Donna Summer
© Wb Music Corp., Warner-Tamerlane Publishing Corp., Lot Of Lyrics Entertainment, Sweet Summer Night Music, Rick's Music, Inc.

8. *Supernature*
Cerrone
Paroles : Alain Wisniak / Lili Marlene Premilovich / Jean Marc Cerrone
© Tralala Music, Malligator Prod., Malligator Productions

9. *Dance, Dance, Dance* (Yowsah, Yowsah, Yowsah)
Chic
Paroles : Bernard Edwards / Nile Rodgers / Lehman Kenny
© Almo Music Corp., Irving Music Inc., Chic Music, Inc.

10. *I'm Your Boogie Man*
KC & The Sunshine Band
Paroles : Harry Casey / Richard Raymond Finch / Richard Finch
© Emi Longitude Music, Harrick Music Inc.

11. *Love Me Baby*
Sheila & B. Devotion
Paroles : Claude Carrère / Mathias Camison / Pamela Forrest / Youssif Achir Chemouny
© Claude Carrere Editions

12. *The Flesh Failures* (Let the Sunshine In)
Gerome Ragni and James Rado
Paroles : Galt Mac Dermot / Gerome Ragni / James Rado
© Sony/ATV Music Publishing LLC

13. *Dreams*
Fleetwood Mac
Paroles : Stephanie Nicks
© Welsh Witch Music

14. *Dancing Queen*
Abba
Paroles : Benny Goran Bror Andersson / Bjoern K. Ulvaeus / Stig Erik Leopold Anderson
© CONSALAD CO., Ltd, DistroKid, Universal Music Publishing Group

15. *Car Wash* (Single Version)
Rose Royce
Paroles : Norman Jesse Whitfield
© Songtrust Ave, Sony/ATV Music Publishing LLC, Universal Music Publishing Group

Écoutez la bande originale du roman « 1m976 » sur Napster :
https://web.napster.com/playlist/mp.280905186?ocode=social_user&pcode=social_user&cpath=Email&rsrc=playlist

Remerciements

Je remercie mon épouse, ma famille et mes amis de me supporter. Dans tous les sens du terme.

Ce sont mes co-auteurs. Ils partagent les heures, les jours et les mois où je suis ailleurs(s), occupé à me nourrir de chaque instant furtif que la vie nous offre. De les transcrire dans ma tête.

Vous êtes aussi mes premiers et fidèles lecteurs. *(Ce n'est pas votre choix, c'est votre obligation. Qui nous lie).*

Vous m'infligez des premières corrections, bien méritées. Et m'encouragez à faire de mes récits une histoire qui nous plonge à travers les bains d'une époque et d'une culture américaine, finalement pas si distante de la nôtre. Grâce à vos regards de consommateurs intelligents de mots plus ou moins intelligibles, j'aspire davantage à cette belle matière biodiversifiée, plus raisonnable et raisonnée : l'approche psychologique des faits et gestes incontrôlés de mes écrits qui s'échappent des personnages de ce *pop roman,* pourrait être interprétée comme une étude sociologique de la nature humaine dans notre société actuelle. Elle n'est d'ailleurs(s) qu'une éternelle reproduction des agissements des hommes à travers les civilisations qui nous ont précédés.

Merci à mon dernier employeur, qui a eu l'intelligente « bonté » de me licencier en pleine pandémie, l'été 2020. Sans elle, rien de ceci n'aurait été possible.

Enfin, merci à Patrick Coulomb, mon éditeur, de croire en moi. De s'investir corps et âme dans cette aventure : je suis ton humble débiteur de nos futurs lecteurs. Et je te serai éternellement reconnaissant d'avoir enrichi ce *pop roman* des délicieux coups de patte de ta « bolo ».

Ah, j'oubliais : merci à Malevitch et à son Carré Noir. La littérature défie la censure.

Le 1/m9/76

The Melmac Cat

Liste des parutions

001 – *L'illusion du belvédère*, Patrick Coulomb (2016)
002 – *La porte des dragons*, Patrick Coulomb (2016)
003 – *#TCDJ, Le titre con du jour,* collectif (2016)
004 – *Plan de Campagne*, Stéphane Sarpaux – co–édition avec Gaussen (2017)
005 – *La liste d'attente*, Robert P. Vigouroux – co-édition avec Gaussen (2017)
006 – *Fun TV Club, l'intégrale* (2017)
007 – *On l'appelle Marseille*, Patrick Coulomb – co-édition avec Gaussen (2017)
008 – *Marseille, an 3013,* collectif – co-édition avec Gaussen (2018)
009 – *Docteur Miam*, Patrick Coulomb (2018)
010 – *Une collection de monstres*, Patrick Coulomb (2019)
011 – *Star*, Sébastien Doubinsky (2019)
012 – *Le feu au royaume*, Sébastien Doubinsky (2019)
013 – *Orenœn*, Patrick Coulomb (2019)
014 – *Que vienne le temps des dragons*, Patrick Coulomb (*La porte des dragons* + *Orenœn*) (2019)
015 – *Il était une fois dans la bibliothèque,* collectif – co-édition avec Gaussen (2019)
016 – *La théorie des dominos*, Sébastien Doubinsky (2020)
017 – *Le chemin le plus court n'est pas la ligne droite*, Patrick Coulomb (2020)
018 – *Pestilence*, Bruno Leydet (2020)
019 – *Voyages immobiles en temps de confinement*, collectif – co-édition avec Ramsay (2020)

020 – *14 histoires de musique(s) à Marseille*, collectif - co-édition avec Gaussen (2020)
021 – *La femme qui mangeait des fleurs*, Guillaume Chérel (2021)
022 – *Sketchbook #01*, dessins de Boloniaise (2021)
023 – *Julia, une île*, Olivier Boura (2021)
024 – *La porte des dragons, livre 1 & livre 2*, Patrick Coulomb (réédition, 2021)
025 – *Surf*, François Thomazeau (2022)
026 – *26 mai 1993*, Giovanni Privitera (2022)
027 – *Le vortex des Réformés*, Patrick Coulomb (2022)
028 – *Fuir*, David Humbert (2022)
029 – *L'éveil du Philalèthe*, Jérémie Morançon (2023)
030 – *Le cercle des Polardeux marseillais*, collectif (2023)
031 – *1m976*, Gérald Wittock (2023)

Liste des collections

Melmac / Ailleurs(s)
L'illusion du belvédère - Patrick Coulomb
La porte des dragons, livre 1 & livre 2 – Patrick Coulomb
Pestilence – Bruno Leydet
Julia, une île – Olivier Boura
L'éveil du Philalèthe – Jérémie Morançon
1m976 – Gérald Wittock

Melmac / Esprit Noir
Le feu au royaume – Sébastien Doubinsky
Star – Sébastien Doubinsky
La théorie des dominos – Sébastien Doubinsky
Le chemin le plus court n'est pas la ligne droite – Patrick Coulomb
La femme qui mangeait des fleurs – Guillaume Chérel
Fuir – David Humbert
Le Cercle des Polardeux marseillais – collectif

Melmac / Pop
#TCDJ, Le Titre Con Du Jour – collectif TCDJ
Fun TV Club, l'intégrale
Docteur Miam – Patrick Coulomb
Une collection de monstres – Patrick Coulomb
Sketchbook #01 – Boloniaise

Melmac / Poésie
Surf – François Thomazeau

Melmac / Marseille
26 mai 1993 – Giovanni Privitera
Le vortex des Réformés – Patrick Coulomb

Achevé d'imprimer en France par

Centre Littéraire d'Impression Provençal

imprimerie-clip.com

Imprimé sur papier **Clairefontaine** fabriqué dans les Vosges.

Collection dirigée par Patrick Coulomb

Illustrations (couverture
et deuxième de couverture) by © bolo
création graphique et maquette © The Coolpop Agency
Corrections The Coolpop Agency & Bruno Richard

The Melmac Cat vient d'une autre planète.
Ses collections sont ouvertes aux récits de fiction
et de genre, aux chroniques et à la poésie urbaine.
Et au reste, bien sûr.

-

Sous la voûte céleste, ou autre.

MERCI
GRAMACI
THANKS
GRAZIE
GRACIAS
OBRIGADO
EUCHARISTO
SPASIBA
HVALA
DANKE
TAK
TODA
CHENORHAGALOUTIOUN
MADLOBA
CHOUKRAN
JERE JEF
ASANTE
NAMASTE
XIEXIE
GAMSAHAEYO
CAM' ON
ARIGATO